嫌いな男

安西リカ

新書館ディアプラス文庫

嫌 い な 男

contents

illustration : 北沢きょう

嫌いな男
kiraina otoko
向居 真也

1

あ、これ負けたかも。

よろしくお願いします、と爽やかな笑顔を向けられて、南千裕は素早く相手をジャッジした。

五月の終わり、早朝のオフィスで千裕の前に立っているのは、商品開発部の先輩社員とキャリア採用で今日から千裕の同僚になる男だった。

「向居真也です」

真正面に立つと、向居は千裕より若干背が高い。千裕もそこそこ背があるが、向居はさらに長身の上、実際の身長よりずっと大柄に見えるタイプだった。

ラグビーとかしてた感じ、と向居のいかにも頑丈そうな身体つきを観察しながら、千裕はうっすらとした敵愾心を覚えた。もちろんそんな内心はおくびにも出さず、「よろしくお願いします」とにこやかな笑顔を返す。

「販促担当の南千裕です。これ、一応お渡ししますね」

名刺を差し出すと、向居はスマートな仕草で受け取った。改めて、いい男だ。華やかなタイプではないが、黒目の大きな奥二重には男らしい色気がある。着ているスーツは国産の既製品のようだがきちんと補正を入れているし、短く整えた髪もさりげなく手がかかっている。かなりお洒落な人だ。千裕も外見に気を遣うほうなのでそのへんはわかる。

そして中身は人事部採用担当の折り紙つきだった。

キャリア採用でいいのがくるらしいぞ、と千裕が耳にしたのは先月のことだ。

「おまえ一人でよくやってるけど、そろそろ限界だろ。ずっと人事に掛け合ってた中途採用、ようやくエージェントからSランク人材紹介されたって連絡がきた」

開発部長は上機嫌で「よかったなあ」と千裕の背中をばんばん叩いたが、千裕はあまり嬉しくなかった。人事にいる同期女子から「卒業年次は私たちと同じだよ」と聞いていたからだ。

さすがに経歴は洩らさなかったが、口ぶりから学歴も同レベルのようで、負けず嫌いの千裕はなんとなく競争意識が湧いてしまう。

「向居君の名刺ももう出来てると思うから、あとで総務でもらってきてくれる？　なんかいろいろ書いてもらわないといけない書類もあるみたいだし。あとはなんでも南に聞いて」

「はい、ありがとうございました」

先輩社員が去っていき、向居は改めて千裕のほうを向いた。

「南さん、デスクはどれを？」

「そっち使ってもらっていいですか？」

一瞬迷ったが、千裕は微妙にフランクな言葉遣いで応じた。経歴がどうでも、この会社では自分が先輩だ。とはいえ彼はキャリア採用で来た逸材らしいし、先輩風を吹かせるのは逆に格好悪い。

「聞いてると思いますけど、販促は実質僕と向居君の二人しかいないんです。いらないデスクがちょうど四つあったから島つくってたんですけど、仕事しにくかったら言ってください。レイアウト変えてもいいんで」

商品開発部のフロアの一角を簡易パーテーションと背の高い観葉植物で間仕切りして、四つもあるワークデスクを今までは千裕が一人占めしていた。向居が来るにあたってデスクの一つを空にしたが、配置は保留にしている。

「いえ、ここで大丈夫です」

押しの強そうな見かけによらず、向居は物腰がソフトだった。デスクに座って周囲を見渡す様子も新しい環境に興味津々（しんしん）といった感じで、癖がない。

「販促関係は今まで南さんお一人で回してきたんだそうですね」

無意識に対抗意識を持っていたが、向居のほうは張り合う気などなさそうだった。それが「おまえなんか最初から相手にしてない」と思われてのことなんじゃないかと勘繰（かんぐ）ってしまう程度には、千裕は性格がよくない。

「驚きました。新しい事業の販促なんて、チームでやっても大変なのに」

思いがけなく持ち上げられて、千裕は若干調子が狂った。しかも向居の様子にはまったくわざとらしさがない。

「いえいえ、突然自社製品直接販売するからおまえ販促ねって言われて、なにがなんだかわからないままここまできちゃったって感じなんですよ」

性格の悪さが洩れ出ないように、千裕は感じのいい笑顔で謙遜した。

千裕が新卒入社した株式会社ＮＩＴＴＡは、制御機器関連のトップメーカーだ。

工場向けの各種センサーや安全装置の製造販売、一般消費者向けの防犯関連商品の受託製造などを主な柱にしている。

よくも悪くも堅実で、優良企業として学生には安定性で人気だが、そのぶん体質は古い。

経営陣はリスクを嫌い、一般消費者向けの商品は受託製造に徹してきた。が、千裕が入社した時期から徐々に風向きが変わった。

「他社納入してた防犯関連商品が軒並みヒットしたんで、これから先、一般消費者の防犯意識はさらに高まるだろうしって自社製品をテスト販売したらそこそこ手ごたえがあったらしいんですよね」

当然のことながら自社製品は利益率が高い。

これを機に自社ブランドを構築し、新規事業につなげようという流れになった。

「開発の一番下っ端で、プロモーション会社との連絡役をやってたんですけど、おまえ向いてそうだしちょうどいいって言われて販促担当になって、気がついたら一人島流しみたいになっちゃってて」

とはいうものの、このポジションに不満はなかった。なにせ会社としても初の試(こころ)みなので、何もかもが手探りだ。そこそこやれていれば誰にも何も言われない。入社五年目にさしかかり、他の同期はいろいろ大変そうだが、千裕は押さえつけてくる上もいなけれ指導する下もおらず、気楽にやってこれた。職場の居心地のよさは人間関係が大きく左右する。

いきなり現れたキャリア採用の男とも、できればうまくやっていきたい。

「昼のミーティングで紹介しますけど、プロモーション会社の秦(はた)さんって人にいろいろ教わってなんとかやってきた感じなんです。これからは向居君もいるからほんと心強い」

距離感を測(はか)りつつ話す千裕に、向居も相槌(あいづち)をうちながら聞いてくれていた。

「これ、会社の組織図ですけど、営業本部長が販促関係の決裁権(けっさいけん)持ってるって理解でいいんでしょうか」

向居が手元の端末(たんまつ)を千裕のほうに向けた。執行役員を頭にした組織図が、役職者の名前入りで表示されている。

「直属上司は商品開発部長だけど」

「プロモーション予算は誰が握ってるんですか？」

「それは営業本部長かな。規模によるけど定例会議で諮(はか)ってもらわないと大きな予算は下りないはずです」

「なるほど」

端末を引っ込めて、向居は思案するように組織図を眺めた。

今まで気楽にやってきた仕事がいきなり厳しいものになりそうで、千裕はなんとなく憂鬱(ゆううつ)になった。うまくやっていきたいとは思うが、あまりに有能な男は厄介(やっかい)だ。

「総務に呼ばれてるので、そろそろ行ってきますね」

向居が腕のスマートウォッチで時間を確かめ、腰を上げた。

「ああ、うん。行ってらっしゃい」

「南さん」

ネクタイのノットを直しながら、向居が改まって千裕のほうを見た。

「同年代のかたと二人だけでチームを組むって聞いて、正直ちょっと身構えていたんです。でも南さんが仕事しやすそうなかたでよかった。僕はまだまだ経験不足なのでどこまでお力になれるかわかりませんが、サポート頑張りますので、よろしくお願いします」

ぽかんとして聞いていた千裕は、向居に礼儀正しく頭を下げられて慌てた。

「こちらこそ、ほんとよろしく」

わたわた応(こた)えると、向居が笑った。目じりが下がるとずいぶん親しみやすくなる。

「じゃあ、行ってきます」

心ならずも好感を持ってしまったところで、向居はもう一度軽く会釈(えしゃく)して、パーテーションの間仕切りから出て行った。

後ろ姿を見送って、千裕はほっと息をついた。

やっぱりあいつ、デキそう。

2

「ややあややあ、どうもどうもどうも～！」

にぎやかな挨拶とともに秦が現れた。

向居君の初日だから、とランチは商品開発部の若手一同でカフェに行き、帰ってすぐミーティングルームに向かった。

待つほどもなくドアが開き、向居は初対面のプロモーション会社の担当者を迎えるために立ち上がった。

「こんにちは、初めまして。新しく販売促進でお世話になります、向居と申します」

なめらかな向居の挨拶はワントーン明るい。相手によってテンションを微妙に調整しているようだ。

「お話伺っております～」

語尾を伸ばすのが秦の癖で、名刺交換を済ませると、いつもの定位置に腰を下ろした。

はっきりした年齢は聞いたことがないが、四十二、三といったところだろう。明るめの髪色やノータイのストライプシャツがいかにも広告宣伝の業界人だ。

「向居さんのお名前は、僕、よく存じ上げてるんですよ」

ミーティングルームに常備されているセルフの缶コーヒーを二人に配ると、「どうも」と秦が手刀を切ってさっそくプルタブを開けた。

「私の名前を?」

同じように缶コーヒーを開けかけていた向居が目を丸くした。千裕もそんなことは初耳で驚いた。

「南さんから新しい人が来るってお聞きしたときにも、どっかで聞いたことあるお名前だなあって思ったんですが、そのときにはピンとこなくて。R大の向居真也さんですよね。今じゃ普通ですけど、七年前だとまだSNS特化マーケって珍しかったですからね。R大の学生が起ち上げたってかなり話題になってたじゃないですか」

「ああ、そっちの話ですか」

向居が照れくさそうに笑った。

「学生起業のはしりじゃなかったですか」

「ですかね」

「向居君が起ち上げた会社ってこと? すごい」

びっくりして思わず口を挟むと、そんなことは、と謙遜する向居を秦が「すごいですよー」

と調子よく持ち上げた。

「お名前だけで思い出しましたからね。でもあの会社、収益出るようになってすぐE&Fに売却しちゃったんじゃなかったですか？」

「ええ。あんな大きな代理店から声かかると思わなかったから驚きましたけど、条件よかったんで仲間は歓迎だったし、僕も留学したいなって検討してたところだったんでタイミングもよかったんです」

「留学は、どちらに？」

秦が熱心に質問する。

「アメリカです。情報の勉強しようと思って行ったんですけど、どうもエンジニアの才能はなさそうだったので代わりにマーケ分析をちょっとだけかじって帰りました」

気になっていた向居の経歴がわかってくると、エージェントが人材Sランクをつけた理由も見えてくる。が、向居の話しぶりには鼻にかけたようなところがまったくなかった。それを含めてのSランクなのだろう。

「南君もね、これでけっこうやるんですよ」

鼻白んだ気分で向居の話を聞いていると、秦が如才なく千裕のことも褒めた。

「これで、ってのはなんですか？　引っ掛かる言いかただなあ」

長年のつき合いで軽く混ぜ返すと、「美味しいとこだけ要領よく拾って人生楽勝〜、みたいな?」と秦も冗談半分でからかってきた。見た目が軽そうなことは自覚している。

「でも実際はけっこう真面目なんだよね。もう三年一緒に仕事してますけど、呑み込みが早いしなんでも器用にこなしちゃうし、うちでプランナーやったらすぐでかいプロジェクトリーダー任されるよ」

「口うまいから、秦さん」

「いやいや、本当に~」

「褒め合いしてるみたいで痒いけど、販促の基本から僕に教えてくれたのは秦さんなんですよ」

「まあ、それはそうだよね」

秦がわざとらしく得意げに返す。向居が控えめに笑った。

「いい関係なんですね」

「基本、ずっと二人でいろいろやってきましたから。これからは向居さんも一緒で心強いですよ~」

「ご期待にそえるように頑張ります」

調子のいい秦に、向居がそつのない笑顔を浮かべる。

今日はひとまず顔合わせということでそのあとも雑談に終始し、今後のスケジュールの確認をして解散になった。

「向居君って、穏やかそうに見えるけど敵に回したらやっかいなタイプよ」

エレベーターの階数表示を見ていると、秦が耳打ちしてきた。

向居はもう一度来てくれと総務に呼ばれ、千裕だけで秦の見送りにエレベーターホールにいた。

「そうなんですか？」

年が離れていることもあり、秦はなにかと千裕に親身なアドバイスをしてくれる。

「僕も噂で聞いただけだけど、向居君の足引っ張ろうとして返り討ちにあったって話、どれも仕返しがエグくてびびっちゃったから。あの穏やかそうな雰囲気にだまされて甘く見ちゃダメだよ～」

千裕の負けず嫌いな一面を知っていてのアドバイスだとわかり、「了解です」と素直にうなずいた。

「ま、仲良くやってるぶんには頼れる人だから」

秦が笑ってぽんと千裕の肩を叩いた。

「それに向居君のことだから、ここで組織の経験積んで、すぐまたどっか転職していくよ。いいとこ三年じゃない？」

秦たちの業界は人材が流動的だということは聞いていた。秦自身も今の会社は四社目らしい。

そうか、そんなに長くいるわけじゃないのか、と千裕は急に気が楽になった。

「そんじゃまた。お疲れさまでした～」

エレベーターの扉が軽快な音を立てて開き、秦はもとのテンションに戻って挨拶した。

「お疲れです」

エレベーターの扉が閉まり、千裕は今聞いたばかりの情報を頭の中で整理しながらオフィスフロアのほうに引き返した。

できる男と比べられそうなポジションで仕事をするのは憂鬱だが、波風立てずにいくのが利巧だ。幸い向居はさして癖もなさそうだった。うまく合わせていけばエネルギーロスもない。

「南君」

考えながら歩いていると、商品開発のフロアの前で声をかけられた。見ると、人事の同期女子が近寄ってくるところだった。七瀬はパンツスーツに手土産用の紙袋を下げていた。

「今から社外？」

「そう。もう使い走りばっかりだよ」

七瀬が不服そうに口を尖らせた。向居の情報をいち早く教えてくれたのは彼女で、それは千裕と七瀬がちょくちょくプライベートで会う仲だからだ。

「明後日とか、ご飯どう？」

ちょっと声を落として誘ってみると、綺麗にリップを塗った唇の端がきゅっと持ち上がった。

「あとで連絡入れて」

「おっけ」

小声でやりとりして、人目につかないうちに「じゃあね」とさりげなく離れた。七瀬がエレベーターホールのほうに向かい、千裕はなんとなくその後ろ姿を見送った。すらっと手足が長いので七瀬はパンツスーツがよく似合う。バストとヒップはやや小ぶりだが、形がいい——その触り心地はまだ知らないが。

七瀬は同期女子の中では群を抜いた美人で、出身大学も一流だ。つき合ったら確実に自慢できる。

二人きりで映画に行ったりワインバーで飲んだりするようになったのは半年ほど前からだった。

同期会の帰り、たまたまそのときのメンバーの中で千裕と彼女だけが同じ路線だったので、「お茶して帰ろうか」という流れになった。そのあとも誘ったり誘われたりで、同じ会社じゃなかったらな——と向こうも思っているはずだ。

大学時代からつき合っていた女の子とは、就職してすぐ忙しさから別れた。連絡くれない、さみしい、とぐずぐず言われるのが面倒になって、それなら別れよう、と千裕がふった。それからはずっとフリーだ。

学生時代はだいたいいつも彼女がいたが、就職してからは出会いががくんと減ったし、社会人になると休日が貴重で、慣れた彼女と過ごすのならともかく、新しい彼女と一から関係を構築するエネルギーが湧かない。が、気づくとずいぶん長い間フリーでいて、社会人生活にもすっかり慣れた。彼女がいたら楽しいだろうな、と思うようになって、一番に思い浮かぶのは七瀬だった。

同じ会社でも問題ないといえば問題はない。ただ、やはりいろいろ面倒だ。

時々会って、恋人にはならないぎりぎりの関係を楽しむのがちょうどいい――と彼女のほうでも思っているだろう。

「南さん」

「あ、用事終わりました？」

考え事をしながらデスクに戻ると、向居も総務から帰ってきていた。

「覚悟してましたけど、書類の量、すごいですね」

げんなりした様子でデスクに社員マニュアルや精算手引きなど、社内規約のあれこれを積み上げている。

「今日一日で一年分の手書きした気がしますよ」

うんざりしたように呟いたのがおかしくて、笑ってしまった。

「カルチャーショック？　うち、いろいろ古いですから」

「いい経験になります。辞令なんか初めて見たから、妙に感動しましたよ。ああこれがかの有名な辞令、ちゃんと紙に印刷して渡すんだって」

「異動のときも、朝礼で辞令の受け渡しやりますよ」

「そうなんですか？」

向居が目を丸くした。

「で、拝命します、って両手で受け取る」

「はあ」

気の抜けた声に、千裕は声を出して笑った。

「古いついでに、『今日、帰りに一杯どう？』」

敵に回さないほうがいいよ、という秦のアドバイスを胸に、千裕は断られるのを前提に昔のドラマに出てくるサラリーマンの声音と仕草で誘ってみた。

「いいですね」

意外にも向居は快諾した。

「日本酒、お好きですか？　もしよかったら僕の行きつけにご案内しますよ」

しかもかなり前向きだった。

戸惑いながらも「仲良くしといたほうがお得」という計算で、千裕はその夜向居と二人で彼の気に入りの店の暖簾をくぐった。


向居の行きつけ、と聞いて、千裕は洒落た一皿を出すカウンターバーや、割烹に近い小料理屋などを想像していた。

「狭くてすみません」

「いや、すごい賑わってますね」

意外なことに向居が千裕を連れて行ったのは地下構内のおでん屋だった。

「ここの蛸とさえずり、絶品ですから」

煮締めたような背広の男がひしめくカウンターに、若い女の子や学生風のカップルの姿もそこそこ見える。安くて美味しい店なのだろう。

カウンターの中では大きな仕切りにおでんの種が行儀よく出汁に浸かって並んでいる。一品料理に串焼きもあり、烏賊や焼き鳥が焼ける香ばしい匂いも食欲をそそった。

「さえずりって何でしたっけ」

「クジラです。もちもちしてて美味しいですよ」

「あっ、美味い！」

ぷりぷりの蛸には味噌と辛子が添えられていて、これまた絶品だった。おでんや大根も味が沁みていて、旨い。店の猥雑さからは予想もできない上品な出汁は数種類の魚介からとっているらしい。

「南さん、美味しそうに食べますね」

「いやだって、旨いから」

日本酒はコップになみなみと注(つ)がれ、向居はかなりいける口のようだ。

「酒、強そうね」

「遺伝でしょうね。うちは親戚がワインの醸造(じょうぞう)とかやってますし、両親も酒豪なんです。南さんは？　顔に出るほうですか？」

「あ、赤くなってます？」

「ちょっとだけ。可愛いですよ」

「可愛いって」

向居が自然に距離を詰めてくるのがわかり、まあ悪いやつではないよな、と千裕は頬を手でこすった。

「明後日(あさって)の営業部会なんですが」

向居のおすすめの餅巾着(もちきんちゃく)やさえずりを堪能(たんのう)し、ほどよく腹も満たされたところで仕事の話になった。

「これは定例会議ってことですか？」

「うん。営業部会は月一で、ほとんど各事業部の営業報告。自社製品の数字は開発の課長がとりまとめてくれるから、ただ出席するだけなんですけどね」

資料を読めば済む話で、正直、あまり意味がない。

「無駄だと思うでしょ？」

「いや、まだ出てないですし。わからないですよ」

先回りして言うと、向居が苦笑いをした。

「で、目先の仕事は再来月の展示会ですよね」

「うん。防犯フェア」

自宅用の防犯カメラや警報装置の需要が伸びているのに着目し、ＮＩＴＴＡでは特に一人暮らしの女性をターゲットにした商品を開発した。

軽量で設置が簡単なこと、インテリアに馴染むデザインにしたことが受けて、去年のフェアでは予想以上の受注をもらった。

「展示会は秦さんが仕切ってくれるから、特に大変なことはないですよ」

なにげなく言ったら、向居は一拍おいてから「そうなんですね」と答えた。

受け身で適当、と思われたか、と千裕は一瞬ひやっとした。

「今年は色味にバリエーション持たせたんですね。いいカラーだと思いました」

「うん、特にナチュラルが伸びてる」

すぐに話が変わってほっとした。

「アクセントカラーも、あれはデザイナーさんのセンスがいいですね。ちょっと自分の部屋に欲しくなる。そういえば、南さんは一人暮らしですか？」

「すっごい狭い部屋でね」

「俺もですよ」

向居が「俺」と言ったのが、千裕はなんだか新鮮だった。話は自然にプライベートな方面に流れ、世界的なファンのいるＳＦ映画が好きだという共通項も見つかった。

最新三部作の出来について「あれはない」で一致してかなり盛り上がった。

「去年からずっとなんでああなっちゃったのかって延々考えてるから、俺」

千裕がぼやくと「７は期待したんですけどね」と向居も遠い目をする。

店内は暑くて、お互いワイシャツ一枚だ。鍛えていそうだと思っていたが、向居は想像以上にいい体格をしていた。時間とともに客が増えて、詰めてくれと頼まれ隣の向居が寄ってくる。

明日もあるから、と早めに切り上げたが、店を出るときにはずいぶん距離が縮まっていた。

「次は南さんの行きつけ教えてくださいね」

「了解～」

向居はまったく酔っていないが、千裕はほろ酔いで上機嫌だった。

「ほんとに可愛いな」

店を出て、向居がぼそっと呟いた。

「うん？」

よく聞こえなかったが、向居がにこっとしたので千裕も笑い返した。

「南さん…千裕、でしたっけ」

「ん？　うん。南千裕。なに、急に」

「いや、名前よく似合ってると思って」

「はは、なんだそれ」

勘定は向居がしてくれたので「足りる？」と適当に出すと「じゃあ、これだけ」と札を二枚受け取ってくれた。

「それじゃお疲れ様でした」

「また明日」

方角が違うので店の前で別れ、千裕は地下構内から地上に出る階段に向かった。

階段を上がりかけてなんとなく見ると、向居が見送るようにこっちを見ていた。軽く手を上げると、会釈してメトロの改札のほうに歩き出した。要所要所で礼儀正しいというか、律儀な男だ。当然仕事もきっちりしているだろう。

突然現れた「できる同僚」に対して、やりにくくなりそうだという憂鬱な気持ちは変わらない。

それでもなんとかうまくやっていけそうな気もして、千裕は勢いよく階段を上った。

3

今年は雨が降りませんねぇ、と朝の天気予報で、キャスターが農作物の出来を心配していた。

今の今、ただのメーカーの会社員にとっては雨が少ないのはありがたい。

コンビニのイートインでパックの野菜ジュースを飲みながら、千裕（ちひろ）はビルとビルの間の今にも降り出しそうな空をぼんやりと眺めていた。

ウィークデイはビジネスバッグに軽量の折り畳（たた）みを入れているのでいいが、休日はつい忘れる。降水確率は30％でも、もし降ったら小雨（こさめ）ですみそうになかった。

スマホの雨雲レーダーを眺めながら、千裕は今の俺もこんな感じだな、と投げやりに考えた。

せっかくの日曜なのに、テンションが上がらない。クリーニングを出しに行ったりの雑用は済ませたものの、中途半端に時間が余って、通りかかったコンビニのイートインで頬杖（ほおづえ）をついていた。

先週、二日間の防犯フェア展示会が終わった。

そのたった二日で商品引き合いがひっきりなしにきて、営業部は「なにがあった」と驚いていた。

展示会は向居（むかい）が仕切った。ブース準備や各種手配は秦（はた）の主導ですでに終わっていたが、向居がそのあとを引き継ぎ、秦は当然のようにアシストに回っていた。

「キャリア採用ってやっぱりだてじゃねえんだな」

そんな声が聞こえてきて、千裕は複雑な気分だった。

向居は特別驚くような仕掛けをしたわけではない。そんな時間もなかった。

ただ全てを少しずつブラッシュアップし、営業に許可をとっていくつかの公式ＳＮＳのアカウントを動かしていた。

「ＳＮＳは、それこそ彼はプロだからね」

秦はそんなふうに言っていたが、適切な媒体(ばいたい)の適切な時間帯に適切な内容を流しただけですよ、というのが向居の言(げん)だ。

簡単なプロモーション動画を作っているのは千裕も見ていた。さすがに手馴れてるなと感心したが、どうやら向居の個人的なアカウントとも連動しているようだった。が、その詳細は知らされないままだ。

「たぶん仕掛けがあるんだろうけど、それは訊いても教えてくれないよ」

向居は相変わらず礼儀正しく、千裕を「先輩」として立てつつ、友好的に接してくる。

千裕も表面的には「すごい人が来てくれて助かる」という態度でいるが、内心穏やかではいられなかった。

子どものころから比較的なんでも器用にこなせるほうで、誰かに引け目を感じるようなことはほとんどなかった。が、たまに負けるとものすごく悔しくて、どんな手を使ってでも勝ちたくなる。自分のそういう性質は自覚しているし、幼稚だとも思っていた。

それだけに向居の存在は憂鬱だ。

せめてプライベートのほうで気分転換したかったが、学生時代の友人たちはそれぞれ忙しいようだし、今現在は彼女もいない。

いっそのこと七瀬との関係を進めようかと考えたが、彼女も最近は忙しいようで誘っても断られてばかりだった。それにも地味にプライドを削られている。

時計を見ると二時過ぎで、今から家に帰っても特にすることもない。こういうときは身体を動かすのが一番だが、千裕の通っているジムは日曜の午後は混み合うのでこれも足が向かなかった。

映画でも行こうかとスマホで情報をチェックしていて、リマインダーに気づいた。総務部からときおり社内教育の一環でセミナー情報が回ってくる。他の社員同様、千裕もほとんどスルーしていたが、向居は「こんな福利厚生もあるんですね」と興味を持った様子で眺めていた。そのとき向居がチェックしていたセミナーを、千裕もなんとなくリマインダー登録していた。「行政と民間によるオープンイノベーション」というタイトルに数人の年配男性の顔写真がついている。

登録はしたもののそのまま忘れてしまっていたが、会場は複合ビジネスビルで、今いる場所からアクセスがいい。ショッピングエリアもあるので時間をつぶすのにはちょうどよさそうだった。収容人数から、向居と鉢合(はちあ)わせをする可能性も低い。

空に目をやると、いつの間にか雲が切れて天気も持ちそうだった。

行ってみてつまらなかったら途中で抜けて帰ればいいや、と千裕はジュースのパックをつぶして腰を上げた。

そしてそこで見たくもないものを見てしまった。

セミナー会場のある高層ビジネスビルは、中層階までが商業エリアで、オフィスや会議室の入る高層階には専用エレベーターで上がる構造になっている。

十基が並ぶエレベーターホールには休日にもかかわらずスーツの男女が数人いた。年齢はばらばらだったが、比較的カジュアルな服装の者でも足元は革靴で、デニムにスニーカーでぶらっと来た千裕は完全に浮いていた。

しまったな、と行くのをためらっていると、ふとこちらを見ている背の高い男に気がついた。

「南さん」

千裕があ、と思ったのと同時に向居が近寄って来た。グレーのシャツにノータイで、上着は腕にひっかけている。こなれたビジネスカジュアルはいかにもその場にふさわしく、自分の学生のような恰好(かっこう)が改めて恥ずかしくなった。その上、向居には連れがいた。七瀬だ。気づいてぎょっとした。

「南さんもセミナーに？」

「あ、いや。俺はちょっと買い物。間違って上がってきただけ」

七瀬のほうも明らかに動揺していた。今日会わないかと誘った千裕を、体調を崩しているからと断ったのだから当然だ。

「あれ、七瀬さんと一緒に来たんだ？」

千裕は今気づいた風を装った。

腹立ちを顔に出すのはプライドが許さない。が、なにごともなかったようにスルーできるほど人間ができてもいない。

「いつの間にそんな仲良くなってたの？」

千裕はことさらほがらかに訊いた。

「いえ、たまたまですよ」

何も気づいていない向居が答えた。

「登壇の先生に質疑できるかどうか総務に問い合わせたときに、七瀬さんも参加するから一緒に行こうって誘ってくれて」

「ふーん、そうなんだ」

なるほどね、と千裕は七瀬のほうを見やった。七瀬が気まずそうに視線を逸らす。

明らかに「そのつもり」で向居と同行したのだとわかり、いいようのない不快感につい黙り込んだ。不自然な沈黙に、向居があれ？　というように七瀬と千裕を見比べた。

「じゃあ」

エレベーターの弾(はず)むような到着音が聞こえ、千裕はさっと踵(きびす)を返した。

七瀬とは、別につき合っていたわけではない。ただ暗黙の了解で、恋人未満の関係を楽しんでいただけだ。

それでも「乗り換えられた」「向居のほうがいいとジャッジされた」という屈辱(くつじょく)がこみあげてくる。なにより「体調が悪いから今日は会えない」と嘘をつかれたことが千裕のプライドを傷つけていた。

今まで交際していた女の子に振られたことがないわけではない。でもそのときには千裕のほうでも倦怠(けんたい)がきていたり他の子に気を取られていたりだった。こんなふうに横っ面(つら)をひっぱたかれるような経験は初めてで、ショックだった。

エスカレーターでどんどんフロアを下りていく。スーツを着込んだ人の群れからハイブランドを扱うフロア、カジュアルショップのひしめくフロアへと下降していくにつれ、自分の価値も下がっていくような錯覚にとらわれた。

そんなふうに思わせる向居に腹が立つ。

七瀬と千裕の関係性を、たぶん向居は見抜いた。あれ、というように目を見開き、わずかに困惑した表情を浮かべた。

同情に近いその顔つきがさらに千裕を苛立たせた。

異動の要望を出そう。

千裕は人混みをやみくもにすり抜けながら唐突に決心した。

同期の半分はすでに異動を経験している。今のポジションがあまりに居心地がいいので自分から異動の要望を出す気になれないできたが、近いうちに、とは思っていた。

まだ職位が上がる年次ではないものの、異動は社内人脈を太くするのに有利だ。これがいい機会だ。タイミング的にも、要望を出せばたぶん通る。次のキャリア面談のときに相談しよう。

考えているうちに少し気も晴れ、千裕はようやく歩く速度を落とした。

ビルを出ると、小さな雨粒が落ちてきたが、なんとか駅まではもちそうだった。


とはいえ、当面は向居とうまくやっていく必要がある。

月曜、千裕は気持ちを切り替えて出社した。

「おはようございます」

「おはよう。昨日のセミナー、どうだった？」

いつものように先に来ていた向居に挨拶を返し、なにげない調子で尋ねると、向居も何事もなかったように「まずまずでした」と答えた。

向居と仕事をするようになって二月ほどが過ぎ、千裕は同僚として接しているが、向居のほうは千裕を先輩として立ててくれている。

やりにくいと言えばやりにくいが、向居の存在そのものが千裕にとっては煙たいので、深く考えないことにしていた。

「向居君ってやっぱり勉強熱心だよね。俺も見習わないと」

「今度は南さんも一緒に行きませんか？」

向居自身はやはり悪い人間ではない。七瀬とどうなったのかは知らないが、千裕との微妙な関係を察した上で、なにも気づかなかったふりをしてくれている。もしかしたら内心では面白がっているのかもしれないが、それを外に出さないだけでも気遣いだ。

「うん、また今度誘って」

「いいんですか？」

完全に社交辞令で言ったのに、向居は妙に食いつきのいい反応をした。

「内容によるけど」

「お誘いします。私服の南さん、すごく若く見えてびっくりしましたよ」

向居が思い出したように目を細めた。

「髪下ろしてるのもよく似合ってました」

七瀬のことで気を遣っているのだろうが、変に褒めてくる向居に千裕は内心苦笑した。

明らかに自分のほうがスペックが上だから余裕があるんだろう、と卑屈なことも頭をよぎったが、深く考えてもいいことはなにもない。千裕は頭を切り替えた。

「今日の開発との打ち合わせですけど」

千裕がデスクにつくと、隣の向居がタブレット端末にデータを表示させて千裕のほうに向けた。

「この前の展示会のアンケート、集計したんでこれで提出しますね」

「ん、了解」

「フィードバックまとめて要望出した件も、今日返事がもらえると思うので、次の販促方針早めに策定しましょう」

向居のスピード感に、ようやく少しだけ慣れてきた。

今まで二往復して決めていたことが向居にかかるときっちり一回で終了するし、決定事項を周知する手間も省いてその場で全員に念押しして終わらせる。結果、相手部署も向居が関わる案件には格段に返事が早くなっていた。

「これ、もう目を通してくれてたんですね。ありがとうございました」

向居がデスクの上に置いてあったパンフレットに触れた。新商品開発用に素材の提案をするのに、千裕の意見も欲しいと手渡されていた。付箋にコメントを書き込んで貼っておいたのを見ている。

「俺の意見はあんまり参考にならないとは思うけど」

つい卑屈なことを口にしてしまい、千裕はそんな自分にうんざりした。

「そんなことないですよ」

向居が付箋をていねいにはがしている。千裕の意見をちゃんと尊重してくれるのは、もはや向居くらいだ。販促は向居。周囲はみんなそう見なしている。

室内用の防犯カメラと警報装置は、インテリア性を高める方向でいくつか試作品を作ることになっていた。他にも携帯用のキーホルダー型サイレンや護身グッズなどもシリーズで製造販売する。年内にテスト販売を終えて、春にはＥＣストアのプロモーションを開始する予定で調整に入っていた。

――もうぜんぶおまえに任せるから好きにして。

そう言ってしまえたら楽だろうな、と思いながら、千裕は淡々と自分の分担をこなすことに専念した。

会議と打ち合わせ、工場でのサンプルチェックなどで慌ただしく夏が過ぎた。

「駅ビルの屋上ガーデン、今週末までみたいですよ」

八月の最終週、開発の若手だけで簡単なミーティングを終えて解散しかけたときに向居が提案した。

「みんなで行きませんか」

「おっ、いいねえ」

開発や営業の中でも、向居はすっかり一目置かれる存在になっていた。

「行きましょうよ！」

「そういや俺、今年まだビアガーデン行ってないわ」

「南さんも行くでしょう？」

向居がわざわざ千裕に確認をとった。

「あー…うん。そうだな。行こうかな」

一瞬迷ったが、盛り上がっているのに水を差すのもと思い、承諾した。

あまり気が進まないが、もともと千裕は大勢で飲みに行くのは嫌いなほうではない。以前は自分から同期に声をかけて率先して幹事を引き受けていたくらいだ。

でもあのセミナーの日から、七瀬と顔を合わせるのが嫌で、同期の集まりには足が向かなくなっていた。向居に何度か仕事帰りに「飲みに行きませんか」と誘われたが、それも口実をつけては断っている。

七瀬と向居がどうなっているのか、気にはなるが、あれきり七瀬との連絡は途絶えているので、もう自分には関係のないことだ。

その日は早めに切り上げ、全員で駅ビルの上階にあるビアガーデンに向かった。クラフトビールが飲み放題で、その場で切り分けてくれるローストビーフや本場のソーセージなど、フードも充実している人気のビアガーデンだ。

夏の終わりの駅ビル屋上は、最後の賑（にぎ）わいをみせていた。あまり風がなく、蒸し暑いが、ビールを飲むのにはそれもちょうどいい。

「南さんと呑むの、二回目ですね」

向居がさりげなく千裕の隣に座りながら言った。

「いつも誘ってくれるのに、ごめんな」

誘いを断り続けていることには後ろめたい気持ちもあった。

「タイミングの悪いときに誘ってしまって、こっちこそすみません」

向居は屈託（くったく）がない。が、本当にそうなのか、千裕はこのところ疑っていた。向居は万事（ばんじ）に察しがよく、頭も回る。千裕が複雑な気持ちを抱いていることくらいわかっているはずだ。

悪意を持たれるのは損だから懐柔（かいじゅう）しようとしているのか、それとも内心こっちの反応を見て嘲笑（あざわら）っているのか。

こんなふうにいちいち深読みするから疲れるんだ、と千裕はワイシャツの襟元（えりもと）を緩めた。隣の向居がなぜか慌てたように目を逸（そ）らした。

「どうした南、今日はえらく大人しいな？」

しばらくみんなで雑談していると、向かいに座っていた開発のリーダーがふと気づいたように冗談半分に訊いた。向居がいると、千裕はつい口数が少なくなる。

「そんなことはないですけど、ちょっと夏バテしてるみたいで」

「じゃあ食べなきゃ！」

　向居と反対隣に座っていた開発の女子が、ローストビーフを皿に取り分けて千裕の前に置いた。柳川は千裕より二年後輩になる、面倒見のいい子だ。

　ふと、彼女と七瀬が同じ名門女子大の出身だということを思い出した。そのつながりでよく女子会やってるんだ、と七瀬から聞いたことがある。

「向居君ってさ、彼女いるのかな」

　軽い興味を装って、向居が席を立ったタイミングで千裕はこそっと柳川に聞いてみた。七瀬とどうなっているのか、やはり気になっている。はっきりしたことを聞き出せないまでも、二人を知っている柳川の反応から察知できることもあるはずだ。

　ところが柳川はまったく予想外の返事をした。

「あ〜、向居さんですか。あの人、女の子には興味がないそうですよ」

「えっ？」

　ちょうど二人の周囲は手洗いに立ったり新しい料理を取りに行ったりで人がいなかった。

　それでも柳川は声を落とした。

「この前、たまたまランチ行ったら一緒になって、彼女いるんですかあ、って軽い気持ちで訊いたらそう言われました」

「どういう意味?」

「さあ。あたしもわかんないです」

柳川が肩をすくめた。

今は仕事が忙しいから恋愛沙汰には興味がない、ということか、と考えかけたが、柳川は微妙な表情を浮かべている。

「ただの雑談のつもりで訊いただけなのに、『今どきそういうプライベートなこと訊くのどうなの』って空気出されて、すっごく気まずかったです」

今や営業でも開発でも、向居は一目置かれている。仕事ができる上に人当たりが柔らかくつき合いもいい、とみんな好意的に見ていると思っていた。が、柳川は少し違うようだ。

「向居さんって一見フレンドリーだけど、シャッター下ろされたら終わりって感じで怖いとこありますよね。もとがキツい人だったら、ああそういう人なんだなって思うだけですけど、向居さんってよく見たら目が笑ってないって感じで、ああいう人、あたしはちょっと苦手です」

「へえ…、そうなんだ」

適当に相槌をうちながら、千裕は今聞いたばかりの情報に首をかしげていた。柳川の向居に対する評価も意外だったが、それよりも。

女の子には興味がない……?

千裕にはニュアンスがわからないが、柳川も測りかねている様子だ。

今は仕事に集中したい、という意味にとるのが妥当だろうが、柳川はそうは捉えていないようだし、向居は案外直球の物言いをする。

そのままの意味だとしたら、と千裕は考えた。

……あいつ、もしかしてゲイなのか？

えっ、とびっくりしたとき、向居が隣に戻ってきた。

「南さん、これよかったら食べませんか」

「あ、ありがとう」

美しく盛られたドライサラミやオリーブの皿を千裕の前に置いて、向居がにこっとした。千裕は意味もなく動揺した。柳川はやはりバイキングの皿を手に帰ってきた隣の席の女子に話しかけられ、そっちの輪に戻っている。前の席にいた開発のリーダーや他の同僚は、まだ料理を取りに行ったり煙草を吸いに行ったきりでいない。

「夏バテって、大丈夫なんですか？」

二人きりで話すことになって、千裕は少し慌てた。仕事ではいつもほぼ二人なのに、今さら慌てる意味がわからない、と自分自身に突っ込みながら、千裕は作り笑いを浮かべた。

「たいしたことないよ。もうちょっとしたら涼しくなるし」

「でも、少し痩せた気がしますよ」

言いながら、向居が千裕の身体を観察するように眺めた。首のあたりがすっと冷たくなった。

「肩とか、細くなってますよ」

「そんなことないと思うけど」

「これも、よかったらどうぞ」

向居がオリーブとチーズを刺したピックを千裕の皿に乗せた。

「ワインもありましたよ。取ってきましょうか」

「いいよいいよ、自分で行くし」

千裕は無意識に、ひとつボタンを外したワイシャツの襟元に手をやった。向居は今度は目を逸らさなかった。さりげなく千裕の指先を見つめている。

もしかして、とはっきり思ったのはそのときだった。

――向居はもしかして、俺のことを「そういう意味で」見てるのか？

4

向居（むかい）のことは、同じ空間にいても今まであまり意識しないようにしていた。できる男に注目しても引け目を感じるだけだ。

でも「もしや」と思ってこっそり観察するようになると、向居がしょっちゅう自分のほうを見ていることに気がついてしまった。

千裕が休憩エリアでぼうっとコーヒーを飲んでいるときや、開発部の上司に呼び止められて立ったまま話をしているとき、向居は少し離れたところから千裕を眺めている。

それでも千裕は半信半疑だった。見られているのは確かだが、なにか別の理由があるのかもしれない。

気になるが、正面切って「なんで俺のこと見てるの？」と尋ねるわけにもいかない。「なんのことですか？」とかわされたら終わりだ。

やはり自惚れか、いやでも、と考えているうちにも新商品の規格が決まり、販促のスケジュールも決まって、気づくとすっかり秋になっていた。

「あ、しまったな」

その日、印刷所からの納入物を受け取り、千裕は思わず声をあげた。

「今日明日は鈴木さんお休みだった」

販売店用の案内は、いつもはアルバイトの学生に頼んでいる。急用で休みなのを失念していた。

「明日中に出したいし、今からやるか」

「手伝いますよ」

向居がワイシャツの袖をまくりながら千裕の斜め前の席に腰を下ろした。もう終業時間をとうに過ぎていて、オフィスの向こう半分は明かりも落ちている。

「じゃあ、封入頼んでもいい？」

一人で大丈夫だと断りたかったが、それも不自然だ。千裕はデスクの上に案内状と封筒を広げた。

「ＥＣストアのプロモーションの件ですけど、僕が押し切るみたいになって、すみませんでした」

分担して作業を始めてすぐ、向居が改まって謝った。今日の営業部会のことだ。

「別に、押し切ったとかじゃないだろ。岸野さん以外はみんな前向きだったし」

向居の提示したプロモーション展開に対する異論も主に予算の問題で、向居が詳細な費用対効果のデータを出して黙らせた。営業部の中には向居を煙たく思っている者もいそうだが、それ以上にこいつを敵に回すのは得策ではない、という空気があった。

日を追うごとに向居の存在感は周囲に伝播していき、それにつれて自分の存在意義は薄れていくような気がする。

さっさと別部署に異動したい。

自分の不利なところで勝負しても消耗するだけだ、と千裕はひたすら次のキャリア面談を心待ちにしていた。

「それにしても意思決定に時間かかるっていうのは覚悟してましたけど、思ってた以上ですね」

向居がうんざりしたような、感心するような微妙な調子で言ったので、それにはつい笑ってしまった。

「社風だね」

堅実で安定している、の裏返しだ。千裕が笑うと、向居が瞬きをした。

これも最近になって気づいたが、向居は千裕が笑うといつも瞬きをする。たぶん、本人は気づいていない。そして千裕はその反応にまた落ち着かない気分になった。

「まだかかりますか?」

観葉植物の向こうから、開発の社員が顔をのぞかせた。

「すみません、もうちょっと」

「じゃあこっちだけ明かり消しますね。お先でーす」

時計を見るとまだ午後八時を回ったところだったが、ひとけが無くなるとすっかり深夜の雰囲気になった。

紙が擦れる音、チェアの軋む音、ふだんなら気にも留めないささいな物音が耳に残る。

「あ、っと」

早く終わらせてしまおう、と袋から束のまま取り出そうとして、紙で指を擦った。

「大丈夫ですか」

ちりっとした痛みが走り、みるみる指に血が滲む。紙に血がつかないように、ととっさに口に当てた。

「ごめん、ティッシュ取ってくれる？」

「どうぞ」

向居がスチールラックの上のティッシュボックスから一枚引きだした。渡されたティッシュでとりあえず指を押さえたが、薄い紙もどんどん赤く染まっていく。思ったより深く切ってしまったようだ。

「絆創膏とか、ないよね」

「ちょっと待ってください」

向居が主に使っているデスクは千裕の座っているデスクの隣で、斜め前の席にいた向居が回り込んできた。

すぐそばにきた向居に、千裕は意味もなく緊張した。

「この前、三木さんが靴擦れしたって困ってたからコンビニで買って、あの残りがどっかに…」

向居が抽斗を開けて探している。筆記具をまとめて入れるトレーがずれて持ち上がり、その下にあったメモ書きされた付箋が目についた。

何枚も重なっているそれに、見覚えがある、と思ったのは自分が書いたメモ書きだったからだ。

サンプル品の感想や業者からの伝言など、千裕はノベルティでもらった楕円形の付箋にメモをして向居に渡していた。特徴的な形なので間違いなくぜんぶ自分のものだ。

その付箋が、一枚ではなく、かなりの枚数溜めてある。なんでこんなにいっぱい、こんなところに――、と目を凝らしていると、向居に突然手首を握られた。

「――」

向居が無言で千裕を凝視していた。え、と反射的に背中がこわばった。

「ありました」

向居は反対側の手で、抽斗を閉めた。黄色やブルーの付箋の束が視界から消える。

「あ、りがとう……」

指を押さえていたティッシュを取り、向居が絆創膏を巻いてくれた。触れている手や指の動きに心臓が速くなる。

「ごめんな、サンキュ」

千裕はことさら軽く言って椅子にかけた。抽斗の中に入っていた付箋が頭から離れない。

ただのメモだ。走り書きの、見たらすぐに捨てるような。

なんであんなところに、隠すみたいに……。

向居がゆっくり元の位置に戻った。椅子がきしみ、何か話そう、と千裕が顔を上げると、向居が突然ため息をついた。どきっとした。

目が合って、向居は苦笑いをした。

気づいちゃいましたか――とでもいうような、困惑した顔つきに、心臓が激しく打った。

「止まりました？　血」

「う、うん。ありがとう」

脱力した口調に、諦めがにじんでいる。千裕のうわずった声に、向居は小さく息をついた。

眸がわずかに泳いでいる。向居らしくないその反応に、じわじわと奇妙な感情が湧いてきた。

向居は、やっぱり俺のことが好きらしい。

驚きと戸惑い、それからこのうずうずするような、昂るような感覚、これは——一番近い言葉をあてはめるとしたら——勝利感、だ。

「あと、やっときますよ」

向居が目を伏せてぼそっと言った。

自分と二人きりで作業するのは嫌だろう、というニュアンスだ。

「いや、だって俺が手伝ってもらってるんだから」

今まで通りの態度で言うと、向居が瞬きをした。

「さっさと終わらせよう」

向居がほっとするのがわかった。自分の態度ひとつで向居が感情を波立たせている。

まだ半信半疑だが、少なくともからかっているとか、悪ふざけをしているとかではなさそうだ。

嘘だろ、もしかしてとは思ってたけどまさか、いやでも——と頭の中がぐるぐるして、とにかく——ものすごく、変な感じだった。

人間関係というのはちょっとしたことでいとも簡単に変わってしまう。

現金だと思うが、向居が自分に好意を持っているらしい、と知ったとたん、千裕の中に余裕が生まれた。

「南さん、なんかいいことありました～？」

秦にそう問われて、千裕は内心赤面した。

「どうしてですか？」

「なんかずいぶん機嫌よさそうだから。いや、別にいつも不機嫌ってわけじゃないですけど」

営業部会のあと、プロモーションの打ち合わせのためにミーティングルームに向かう途中だった。向居は少しうしろから、今回から一緒に仕事をすることになった秦の後輩と話しながらついてくる。

あの残業の夜からひと月ほど経っていた。

表面上は特に何の変わりもないが、向居とどうということもないやりとりをしながら、千裕はつい「本当に俺のこと好きなのかな」と観察してしまう。気づいた向居がかすかに苦笑して、その苦笑の中にある「そうですよ」という自嘲するような甘さに触れるたび、千裕は「本当なんだ」と驚いた。驚きながら、勝利感を味わった。

そんなことで勝った気になる自分を、われながら幼稚だ、と思っていたから、秦に「なんだか機嫌がいい」と指摘されて恥ずかしくなった。

「ECストア順調だし、もしかして下半期の査定も上々って感じ?」

「いえいえ」

笑ってごまかしたが、昨日のキャリア面談で出した異動希望も感触がよかった。例年二月に大きな人事異動があるので、うまくいけば年内に内示が出るはずだ。

「じゃあ、改めまして、よろしくお願いします」

ミーティングルームに入ると、席に着く前に千裕は秦の後輩に声をかけた。

今年入ったばかりだという秦の後輩は、「丹羽賢介(にわけんすけ)です」と緊張気味に名刺を出した。小柄で大人しそうだが、根性がある、と秦はずいぶん買っているようだ。

「秦さんから聞いてると思いますが、今回のプロジェクト、実質リーダーは向居君なので、僕はサブだと思ってください」

千裕はにこやかに話しかけた。今回のプロモーションはECストアの本格稼働(かどう)に合わせたものだ。向居がプレゼンして予算を取ってきた。すべて向居が主導しているのにリーダーは千裕になっていて、内心複雑だったが、割り切るしかない。

「向居さんとご一緒できるなんて、本当に光栄です」

丹羽が感激したように言った。

「こいつ学生時代に向居さんのやってたイベントサークルに参加したことあったらしいんですよ」

「僕が入ったときにはもう向居さんはいらっしゃらなかったんですけど」

丹羽が心底残念そうに言い、まぶしげに目を細めた。

「こんなふうにご縁があって、本当に嬉しいです」

「こちらこそ」

こうしたことには慣れているらしく、向居はごくあっさりと応じた。

「それじゃ、始めましょうか」

打ち合わせは順調に進んだが、千裕は軽い疎外感を感じていた。

丹羽はずいぶん向居に心酔しているようだった。出さないように気をつけてはいるようだが、言動の端々にファン気質が見え隠れする。微笑ましい一方で鬱陶しくもあるし、正直あまり面白くはない。

「このあと予定がなかったら、飲みに行きませんか。この前知り合いから紹介された店が近くにあるんですよ」

打ち合わせが終わり、秦が軽い調子で提案した。丹羽が期待に満ちた目で向居のほうを見る。

その向居は反射的に千裕のほうを窺っていた。

「いいですね、行きましょうか」

丹羽が熱い視線を送る向居は、自分の返事を気にしている。あまり気乗りはしなかったが、丹羽とは初めての顔合わせだ。これからしばらく一緒にチームを組むのだし、と千裕は快く応じた。

「それじゃロビーでお待ちしてます」

二人とはエレベーターのところで別れ、千裕は向居といったんオフィスに戻った。

「あ、南君」

帰り支度をしてロビーに向かおうとしていると、昨日キャリア面談をしたばかりの人事担当者に声をかけられた。

「昨日の件ね、上にあげといたから」

「ありがとうございます。よろしくお願いします」

すれ違いざまに言葉を交わしただけだったが、向居は耳ざとく聞き取り、千裕のほうをちらっと見た。「昨日の件」を気にしている。千裕は素知らぬ顔でロビーに向かった。

向居は、いつもどこかで自分のことを意識している。

いい気になりつつ、千裕は一方で「なんで俺?」という疑問がぬぐえなかった。

千裕から見て、向居は自分よりはるかにスペックの高い男だ。もし本当にゲイだとしても、向居ほどの男が俺なんかを好きになるだろうか、とそこがどうしても腑に落ちなかった。女子にはそこそこもてるという自負があるが、それだってたとえば向居と並べばほとんどの子は向居を選ぶはずだ。げんに七瀬はそうだった。

　セミナー会場の近くで見かけたときのショックを思い出して、千裕はまたもやもやとした嫌な感情を抱いた。

　秦が案内してくれたレストランバーで、丹羽は憧れ全開で向居にあれこれ質問し、一挙手一投足に反応していた。

「向居さん、向居さんっておまえはちょっと遠慮しろ」

　秦が苦笑気味に注意すると「あっ、すみません」と真っ赤になって反省するが、すぐまた「あの、向居さんは」と前のめりで話しかける。向居は慣れている様子で、フラットに返事をしつつ、秦や千裕にもうまく話を回す。座持ちがいい、という言い回しを久しぶりに思い出した。バランス感覚がいいんだろうなあ、と千裕はこっそりそんなことを考えた。

　千裕もよく「飲み会に南がいるといないとじゃ雰囲気がぜんぜん違う」と言われるが、それはあくまでも友人同士で盛り上がるだけのことだ。接待や上司も交えた会食などでも、向居はきっとそつなくこなすだろう。本当に、なにもかも向居にはかなわない。

　それなのに、なんで向居が俺を？　と思考はまた同じところをぐるぐる巡った。

　会計は秦が「これはこっちで」と言うのに甘え、これからオフィスに戻るという二人とはそこで別れた。

秦と丹羽を乗せたタクシーが消えていくのを見届けて、千裕は腕時計に目をやった。まだ八時を回ったところで、この流れなら普通に出る「もう一軒」の提案をするべきなのか、と迷っていた。

「よかったら、もうちょっと飲んでいきませんか？」

千裕の躊躇(ちゅうちょ)を見透かしたように、向居が誘ってきた。

どきっとして向居を見ると、わずかに挑(いど)むような目つきで千裕を見ていた。

「お誘いしてもなかなか都合つかないでしょう」

適当な口実をつけて断ってばかりいるのはその通りだが、揶揄(やゆ)するような口調にむっとした。

「向居君に用事がないんなら、俺はいいよ」

「用事があっても、南さんと二人きりで飲める機会は逃(のが)しませんよ」

「は？　な、なにそれ」

思いがけないことを言われ、びっくりして声が裏返った。向居に噴き出すように笑われてむっとしたが、その笑いかたには馬鹿にしているようなところはない。むしろ千裕と飲みに行けることが嬉しい、というのが素直に伝わってきて、へんな感じがした。

「どこか行きたいところはありますか？」

千裕の気が変わらないうちに、とでもいうように向居がさっさと歩き出し、千裕は慌ててついて行った。

「べつに、どこでも」

「じゃあこの近くで俺が勝手に決めますね」

向居が自分を「俺」と言うと、なぜかいつもどきっとする。千裕はできるだけ平静を装った。

「ここにしましょうか」

向居は通りかかった飲食店ビルの前で足を止めた。シックなウッドドアにアイアンのノブがアクセントになっている。コンクリートの壁は細長く切り取られていて、店内が一部だけ覗けた。カウンターバーのようだ。

「いらっしゃいませ」

店内に入ると、予想より奥行きがあり、カウンターでは年配の男女がしっとりとグラスを傾けていた。

「二人だけど」

テーブルもございますが、という店員に向居が「カウンターのほうがいいですよね?」と確認をとって、自然に千裕を奥のほうに座らせた。

「なに飲みます?」

カウンターに並んで座ると、向居は美しくディスプレイされたボトルやカットグラスを眺めた。

「ウィスキーがメインみたいですね」

「俺、銘柄(めいがら)とかよくわかんないな」

「適当に決めちゃっていいですか」

向居がバーテンと相談して、千裕のぶんまでオーダーしてくれた。女の子とデートするときは自分がする役割を向居がしていて、なんだか落ち着かない。

「ちょっとつまんだほうがいいですよ。南さん、あんまり酒強くないでしょう」

しばらく仕事の話をしながら飲んでいて、向居が気づかわしげにつまみの皿を千裕の前に置いた。

「水、頼みましょうか。炭酸(ガス)入りのほうがいいですか？」

ウォーターリストをもらうのも、お代わりを頼むのも、ぜんぶ向居がしてくれる。ナッツの殻(から)が散らばるとすっと片づけ、手を拭(ふ)きたいなと思えば自然におしぼりをそばに置く。押しつけがましい感じはなく、そうやって細々と気遣うのが楽しそうだ。

「向居君ってマメだよね」

「そうでもないですよ。ああでも好きな人には世話焼きたいほうですね」

好きな人、という発言にどきっとして見ると、向居はカウンターに片肘(かたひじ)をつき、頭を支えるようにしてこっちを見ていた。笑っている目とまともに視線があって、千裕はからかわれた、とむっとした。

「どうかしました？」

「べつに」

つんとしてウイスキーを一口飲むと、また「水も飲んだほうがいいですよ」とお節介をやく。

「向居君って、つき合ってる人とかいるの？」

からかわれたことの意趣返しのつもりで、切り込んでみた。

「いないですね」

向居があっさり答える。

「南さんは？」

「いないよ。残念ながら」

一瞬返事に迷ったが、正直に答えた。七瀬との微妙な空気を知られているし、嘘をつくのも白々しい。向居の眸がかすかに泳いだ。

「…じゃあいない者同士で、また時々飲みませんか」

向居がグラスに手をやって、なにげなく言った。が、グラスをつかんでいる指先に力がこもっているのを、千裕は見てしまった。

「いいね」

「本当ですよ？」

「今度は俺が誘うよ」

向居がふっと笑った。誘う気なんかないくせに、と目が言っている。

「俺も誘いますよ」

逃がさない、と言われたようでぞくっとした。

それが嫌だと思わないのは、いつの間にか酔いが回っていたからだろうか。

「俺、顔赤い？」

酔ってるのかも、と思うと急に気になった。

「暗いからわかんないですよ」

頬をこすると、向居がくすりと笑った。

「向居君ってほんと酒強いよね。羨（うらや）ましい」

「俺は酔っ払ってみたいですけどね。学生のころから大騒ぎしてる連中の代わりに謝ったり、泥酔（でいすい）してるの必死で連れて帰ったり、貧乏くじばっかりで」

嘆（なげ）くように言うのがおかしくて笑うと、つられたように向居も笑った。

「なあ、ハイボールって頼んでもいいと思う？」

すっかり気が緩（ゆる）んで、千裕は言い出しにくかったことをこそっと訊いた。

「なんでですか？」

「だって、邪道（じゃどう）って思われそう」

いいウイスキーはストレートかロックで味わうべき、加水（かすい）するのも銘柄によって作法がある、というような圧を感じる。

　まさか、と向居が笑った。

「そんなはずないでしょう」

　向居がすぐバーテンダーに合図をした。

「スモークチーズも追加で頼みます？」

「うん」

　炭酸弱めで、と千裕の代わりにオーダーしてくれている向居を眺めて、リードされるのって楽でいいなあ、と酔っ払った頭でそんなことを考えた。

「そういえば、南さん、さっきキャリア面談のことでなにか言われてましたよね。あれってどんな話をするんですか？」

　向居が思い出したように訊いてきた。向居は転職してきて間がないので、まだ対象になっていない。千裕が廊下で人事に声をかけられていたのが気になっているようだった。

「部署によるし、いろいろ。上司にパワハラされてるとか不当な職務を強要されてるとか、そういうのあったら調査入れてもらったりできるよ」

「ああ、なるほど」

　異動希望を出したことは伏せてざっくり説明すると、向居は興味深そうに聞いていた。向居は人の話を聞くのがうまい。

そのままた今の仕事の話になり、この前文句を言い合ったSF大作の最新シリーズの愚痴になり、笑っているうちに時間がすぎた。

ハイボールに切り替えると飲みやすくて、気づくとかなり飲んでいた。

「明日もあるし、そろそろ行きましょうか」

向居に言われて腕時計を見て、三時間も経ったのかと驚いた。

「大丈夫ですか?」

店を出ると、急に足がふらついた。

例によって勘定は向居がしてくれていて、千裕が「足りる?」とトランプの札のように札を出すと笑って何枚か引き抜いた。すっかりいい気分で、向居に「まっすぐ歩いて」などと言われながら駅に向かう。

「向居君、頼りになるねー」

「飲ませちゃった責任ありますから。最初からハイボールにしとけばよかったですね」

後半は独り言で、すみません、と謝られた。

「なんかその言い方、ちょっとむかつく。自分が酒強いからって馬鹿にしてない?」

すっかり向居に気を許していて、絡むような物言いをすると、と向居が声を出して笑った。

「してませんよ。南さんもうちょっと強いと思ってただけです。自分がザルだと加減がいまいちわかんなくて」

「いいよなー、酒強くて」

勝手に張り合って空回りしていたが、こうしてフラットに話をしていると、案外向居とはウマがあう。

足の感覚があまりなくて、ふわふわしているのが楽しい。

「家まで送りたいけど、我慢しますね」

「ん？　ああ、ありがと」

いつの間にか駅前のタクシー乗り場の前まで来ていた。まだ終電には間があるが、千裕の様子を見てタクシーが無難（ぶなん）だと判断したようだ。

「これ、帰ったら飲んでください」

後部座席に乗り込むと、コンビニの袋を渡された。駅に向かう途中で「ちょっと待っててください」とコンビニに寄ったのはこれを買うためだったのか、と中をのぞくと二日酔い防止のドリンクと水分補給のためのペットボトルが入っていた。

ありがとう、と言う前にタクシーは走り出していた。

――家まで送りたいけど、我慢しますね。

さっきの向居の台詞（セリフ）が、急に意味を持って頭の中に蘇（よみがえ）った。

千裕はコンビニの袋を膝に乗せて座り直した。窓の外をネオンの明かりが流れていく。

はっきり言葉で告げられたわけではないが、向居が自分に好意を持っていることはいよいよ間違いなさそうだった。

いろいろ疑問はあるし、どう受け止めたらいいのかという戸惑いもある。

でもまあ、どうせもうすぐ俺は異動になるんだし、向居だって俺なんかをそこまで本気で好きだってわけじゃないだろうし。

結局、そんな雑な結論で終わりにして、千裕はシートに背中を預けた。

5

千裕(ちひろ)は中学のとき、陸上部に入っていた。

陸上は男女混合で練習をするので、「部活内恋愛禁止」が不文律だった。

その陸上部で、同じ学年の中長距離ブロックに飛びぬけてきれいな女子がいた。千裕の仲の良かった友達が彼女を好きになり、中学の三年間、ずっと彼女に片想いをしていた。

告白することは許されない、それをわかった上で彼女は千裕の友達をいいように振り回していた。思わせぶりな態度をとり、他の男子と仲良くして見せ、たまに甘い顔をする。そしてちょくちょくわがままを言っては友達の気持ちを試していた。

あんなのやめとけよ、と見かねて何度も忠告したが、友達は「わがままなとこあるけど本当はいい子なんだよ」とどう考えても目の曇(くも)った発言をしていた。

もうそんな昔のことなどすっかり忘れていたのに、ふと思い出したのは、自分がそのときの女子と同じようなことをしている、と気づいたからだ。

——あんな性格の悪い女、おまえにはもったいないって。

そう言っていた自分が、彼女とまったく同じことをしている。

「向居(むかい)君、これ丹羽(にわ)君に担当してもらってもいいかな」

千裕が声をかけると、忙しそうに書類をめくっていた向居が顔を上げた。今年は残暑が長引いて、十月になってやっとスーツが馴染(なじ)むようになった。

「どれですか？」

「これ。丹羽君がやりたがってたからいいよって言っちゃった」

向居が困った顔をする。が、すぐ仕方なさそうに「わかりました」と了承した。

出稿(しゅっこう)用件のデータ処理を丹羽がやりたがっている、というのは嘘ではない。憧(あこが)れの向居真也(しんや)と仕事をする、というのに張り切って、丹羽はうるさいほどに連絡をよこし、あれもこれもと雑用を引き受けたがる。秦(はた)は苦笑気味で「ごめんな」と千裕に謝るが、今はさして気にならなかった。

丹羽が憧れている向居真也は、自分に気がある。

中学時代の友達は、中長距離ブロックの記録持ちだった。その地域の陸上界ではちょっとした有名人で、バレンタインの時期になれば他校の女子からまで可愛い包みをいくつももらっていたのに、ただ顔がいいだけの同級生には「掃除代わって」「記録つけるの手伝って」といいように使われていた。

あんな女のどこがいいんだ、と不思議だったし、今も友達の気持ちはわからない。が、友達を振り回していた女子のほうの気持ちはちょっとだけわかるようになった。

彼女は試合ではいつも記録係だった。男子と女子とで直接張り合うような場面はなかったものの、複雑な気持ちはあったんじゃないかと思う。県大会までなら余裕で突破できるような同級生が、恋愛というフィールドでは試合にすら出られない自分にまったく勝てない。わがままを拒否できない。

屈折（くっせつ）した感情を、今はなんとなく想像できるようになっていた。

向居も千裕の気ままな言動を見逃してばかりいる。

立場上の遠慮もいくらかはあるだろうが、本来は誰に対しても言うべきことは言う男だ。向居が開発や営業とやりあう場面を何度も見た。物腰こそ柔らかいが、かなり強気に出るし、絶対に引かない。

でも千裕にだけは「仕方ない」の許容範囲が広くなった。

千裕もさすがにこれはまずいだろ、という案件に関しては控（ひか）えているが、ちょっとしたことでつい向居の譲歩を引き出したくなる。向居が自分にだけ甘くなるのが、どうしようもなく気分がよかった。

部活を引退して、友達は彼女に告白した。結局ふられてしまったが、玉砕(ぎょくさい)した友達はふっきれて、彼女のほうがなぜか傷ついた様子だったのが印象に残っている。

向居が「しょうがないな」と千裕に甘くなるたびに、千裕も優越感とともにちりっとした痛みを感じた。これはなんだろう。

「そうだ、さっき電話きてた」

向居が席を外していたときに受けた工場からの連絡を、付箋(ふせん)にメモしていた。

「すみません」

渡すと、走り書きしたメモを確認して、向居はそれを抽斗(ひきだし)に入れた。

「捨てないんだ?」

向居とは確実に距離が縮まっていて、この頃はこんなぎりぎりの冗談も言えるようになった。

向居も千裕が見ているのを承知で抽斗を閉めた。

「俺のコレクションなので」

「変な趣味」

そして距離が縮まれば縮まるだけ、関係は危ういバランスを秘めるようになった。

「秦さんからプロモーション動画のデモ来てるの、チェックしてくれましたか?」

「うん。俺は特になにもないから、向居君の判断で返事しといていいよ」

調子よく返事をしながら椅子にかけていたスーツの上着を取った。そんないい加減な返事でも、向居はなにも言わない。

「脇田さんに呼ばれてるから、ちょっと行ってくる」

「三時から打ち合わせ入ってますよ」

「戻ってきてからミーティングルーム行くよ」

営業部の先輩社員に呼ばれているのは本当だが、そんなに急ぐ必要はないのに、千裕はわざと慌ただしく上着に袖を通した。別に自分などいなくても、向居が仕切っているプロモーションは順調に進んでいた。テスト販売やウェブ広告の感触もよく、販売目標も定まった。来年度の中長期事業計画にも入る予定だ。

自社ブランドの足固めができれば、宣伝広告にも力を入れることになる。向居がその中心になるのは誰もが認めるところだった。

「ＮＩＴＴＡの名前でブランド作るんならそれなりの代理店と契約するだろうし、南さんと仕事するのもあとちょっとかなあ」

少し前に秦がそんなことを言っていた。

「丹羽にもそう言ってあるから、あいつ今のうちにいろいろ吸収したいって向居さんの仕事に食いついてるんですよ」

相変わらず向居さん、向居さん、と前のめりなこともあり、向居の補佐的な業務は丹羽に振ってやり、千裕は単純なデータチェックや雑用を処理するポジションにおさまっていた。

「僕も来年は異動するかもしれません」

「ああ、そろそろですか」

秦が残念そうに嘆息した。

「長いおつき合いだったから、さみしいなあ」

「まだわかんないですけどね」

気の早い秦に笑いながら、本音ではもう半分以上意識は「次」に向いていた。

人員の関係から、異動先は海外拠点の営業二課になるだろうと予想していた。内々に話はついているはずで、このところさりげなく二課の先輩社員から「手が空いてたらちょっと手伝い来れない？」などと声がかかる。

その日も頼まれた会議用の書類作成を終わらせ、予定時刻より少し遅れてミーティングルームに顔を出した。

「秦さん？」

ノックするまでもなく、ドアが半開きになっていた。

「あっ、南さん」

「どうしたんですか」

秦と丹羽が立ったまま、モバイルをのぞき込んでいた。そして向居の姿がない。

「向居君は？」

「今、営業部に行ってます。ちょっと困ったことになって」

　秦の代わりに丹羽が答えた。うろたえた早口に、トラブルがあったのだとすぐにわかった。

「なにがあったんですか？」

「ガーデンセキュリティーズが防犯関連商品を出すって情報が入ったんです」

　秦が手元のモバイルを千裕のほうに向けた。

　モバイル画面には警備会社として知られた会社のロゴが入っている。会議用のＰＤＦ資料のようだ。

「このあたりに動きがありそうだって知人に問い合わせしてたとかで、出どころは言えないけど確実な情報だ、って向居さんが」

　よく読むと、書類は会議の議事録だった。個人住宅用のセキュリティ契約が好調なことから、今までの知見を活かした防犯商品を開発したとあり、販売スケジュールとプロモーション展開の進捗表まで記載されていた。

「うちと、もろにかぶってますよね、これ」

　秦が困惑しきって呟いた。

「こんなことってあるんですか！」

　丹羽がおおげさに頭を抱えた。

　同業他社なら営業や資材管理課あたりが気づいただろうが、警備会社はフィールドが違いすぎる。

そこまで考えて、千裕はどきっとした。

媒体に対する出稿数やその傾向を数値化して、新しく出る商品やサービスを察知する手法がある、と向居に教えられ、千裕は言われたとおりのデータ処理を担当していた。

毎日同じサイトの同じような数字を、向居が作った解析用の表計算ソフトに打ち込んでいく。業界用語ばかりで意味もわからないまま単純作業をこなしていると、どうしても惰性になり、またチームの誰もそのデータを精査していないので数日分をまとめて打ち込んだりになっていた。

嫌な予感がして、千裕は自分のモバイルを確認した。

最終更新日を見ると三週間以上も放置していた。が、ページに他のアカウントが閲覧した表示がある。更新をかけると、ブランクだったはずの数列にデータが入った。千裕が怠っていたデータ入力を誰かが代わりに打ち込んでいる。同時に右上の注意ランクが caution の赤文字を点滅させた。

このページにアクセスできるのはプロジェクトメンバーだけで閲覧者情報にMとあるのは向居だ。

まさか、とすっと首のうしろが冷たくなった。

自分が解析データの入力を怠っていたせいで、重大な情報を取り逃したのか…?

「すみません、お待たせしました」

複数の足音がして、向居が営業の社員とミーティングルームに入ってきた。

「今、情報がとれました。やはり家庭用防犯関連商品で大型プロモーションが展開予定です。年末にかけて順次テレビコマーシャルや駅広告などを打つ準備が終了しています」

向居が硬い声で秦と丹羽に報告した。

「最悪のタイミングだね」

向居と一緒に来た営業の先輩が腕組みをしてうなった。

「ことによっては生産管理部とも話をしないとな」

「部長が今出張中なので、連絡が取れ次第、善後策を協議します」

そのためにプロモーションに関係している営業の人間を連れてきたらしい。

千裕がモバイルを手にしているのを見て、向居の眸に複雑な色がにじんだ。やっぱりそうなのか、と千裕は愕然とした。

「こればっかりは不可抗力だ。誰も悪くないんだから」

沈痛な空気に、営業の先輩社員が励ますように向居の肩を叩いた。

「な、切り替えていこう。たまにこんな間の悪いことってあるけど、そのあとにまたチャンスがくるから」

その「間の悪いこと」を事前に察知するために、向居はちゃんと手を打っていた。自分が怠けなければ、たぶんもっと早く情報を取れた。いや、どっちにしても同じことだ。三週間早くわかったところでどれほどの違いがある？

考えながら、言い訳だ、と自分でわかっていた。保身と後悔、罪悪感、なにより激しい自己嫌悪で息が浅くなった。

向居が「申し訳ありませんが、方針が決まるまで待機をお願いします」と秦と丹羽に頭を下げている。それを茫然として見ているうちに、脈絡もなく、中学のときの部活仲間のことをまた思い出した。

部活を引退して告白して振られ、友達はそれで区切りをつけられた。

あのとき、友達に頼まれて彼女を呼び出したのは千裕だった。止めとけばいいのに、と思いながら少し離れたところで待っていると、「やっぱ振られたわ」と妙にさっぱりして戻ってきた。

「あたしの千五百のベストタイムが言えたらつき合ってもいいよ、って断られた」

知ってるわけねえだろと苦笑していた友達と、振った立場なのに痛そうな顔をしていた彼女のことを、今になって思い出してしまう。

好きな子のベストタイムを「知ってるわけねえだろ」と切り捨てるのはさすがにひどいと思ったが、だからといって自分に気のある男を好き放題に振り回す彼女にも同情できなかった。

どっちもどっちだと嫌な気分になって、そのあと友達とも疎遠になった。

喉元に苦いものがこみあげてくる。

千裕は「どうせもうすぐ異動になる」と手を抜いていた。

それを向居が見逃すことに奇妙な勝利感を覚えていた。

向居は自分にだけは甘くなる。絶対に強くは出ない。

そんなくだらない中学生レベルのことをやって、その結果がこれだ。

6

業界内では知られていても、長年受託製造しかしてこなかったＮＩＴＴＡと、警備会社として有名なガーデンセキュリティーズでは知名度という点では勝負にならない。さらに向こうは大手代理店と組んでいて、予算規模も段違いだった。

「個人用警備設備全体の周知をガーデンセキュリティーズさんのプロモーションで高めてもらって、その時流に乗る方向でいきます」

慌ただしく協議をして、向居は大きく方向転換をした。

できうる限りの修正をしてターゲットを明確に打ち出し、出稿時期も一番効果を見込めるタイミングに微調整した。

秦と向居が協力し合って対処し、丹羽も必死でサポートをして打てる手は全部打った。

その間、千裕はほとんど何もできなかった。

曲がりなりにもこの数年、販売促進を一人で担当してきたはずなのに、こうなってみるといかに自分がクライアントの立場にあぐらをかいて何もしていなかったか痛感させられた。勉強不足もいいところだ。

瞬く間にひと月が経ち、翌月にはほぼ決着がついた。

当初目標の売り上げには届かず、生産管理部は体制変更を余儀なくされた。救いは早めの調整が功を奏したことで、ダメージは最小限にとどめることができた。

そして向居は退職することになった。

プロモーション費用に見合う売り上げを上げることができなかった責任を取ると聞いて、千裕は血の気が引いた。

「営業部会でも今回は外部要因が大きいって同情論が出てたし、人事がだいぶ慰留したみたいだけどなあ」

営業部の先輩に聞いたのは、もう年末年始の長期休暇に入る寸前の時期だった。

手早く昼食を済ませてオフィスに戻る途中で、普段からよく雑談をする先輩に声をかけられて初めて知った。

「おまえ何も聞いてないのか」

千裕が顔色を変えたのに、先輩のほうが驚いている。向居とは毎日顔を合わせているのに、まったく知らなかった。

　連日忙しくてゆっくり話をするような余裕はなかったが、それでも退職を考えているなら一言くらいあってもいいはずだ。

「向居君」

　その日、向居は半日外出していた。帰ってきた向居に気づいて、千裕は思わず呼び止めた。

「今日、営業の西橋さんから退職の話聞いたけど」

　向居はわずかに目を見開いた。

「すみません。明日にでもお話しようと思っていました」

「なんで？」

「キャリア枠で採ってもらって結果を出せなかったんです。辞めて当然でしょう」

　向居は淡々と答えた。

「急な退職でご迷惑おかけしますが、今回の不始末の件は責任をもって片づけておきますので」

「ちょっと話できる？」

　向居は一瞬ためらったが、千裕がミーティングルームに向かうと黙ってついてきた。

「俺のせいなんだろ？」

　いつもの小部屋で二人きりになると、千裕は我慢できずに切り出した。

「俺が解析データの入力さぼってたからガーデンセキュリティーズの情報とるの遅れたんだよ

な？」

　ずっと気になりながら、はっきり確認することができないでいた。向居は無言だったが、それが返事だ。

　自己嫌悪でいっぱいになり、千裕は耐え切れずにうつむいた。

「今さら謝っても取り返しつかないけど、――ごめん」

「南さんのせいじゃないですよ」

　向居が穏やかに笑う気配がした。

「確かに気づくのがもう少し早ければあんな無様な撤退戦やらなくて済みましたけど、それ含めて俺の責任です」

「なんで？　悪いのは俺だろ。今回のことで辞めるんだったら、辞めないといけないのは俺のほうだ」

「南さんが辞めてどうするんですか」

「だって」

　思わず顔を上げると、こっちを見ていた向居とまともに視線が合った。長テーブルによりかかり、向居はタイを指先で緩めてふっと息をついた。

「俺はいくらでも転職先がありますけど、あなたは今よりいい待遇で移れるとこはないですよ」

　言われていることの意味がすぐには理解できなかった。

「南さんみたいな人は、新卒カードで入った組織に守ってもらったほうが利巧です」

向居の唇の端がきゅっと持ち上がった。皮肉な笑みに馬鹿にされているのがわかって、かっと頬が熱くなる。向居の眸に力がこもった。

「それにやっぱり責任取らないといけないのは俺ですよ。惚れたからって言うべきことを言わないでいるなんてありえない。公私混同の結果は引き受けて当たり前だ」

惚れた、とはっきり言われて、不意打ちにぎょっとした。

わかってるくせに、というように向居が鼻で笑った。きつい目でねめつけられ、首のうしろがひやっとした。

「俺はゲイで、南さんみたいなのがタイプなんですよ。昔っから俺は性格悪くてきゃんきゃんいってる仔犬に弱くて」

「なに……言って…」

いつも穏やかで鷹揚だったはずの向居の刺々しい物言いに、千裕はたじろいだ。

長テーブルにもたれていた向居が身体を起こした。がたん、とテーブルの足が音をたてる。

「甘ちゃんで器が小さくて、たいして仕事もできないくせにいい気になってるのがめちゃくちゃ可愛い。俺が惚れてるのに気がついたらいちいち気にして…気がついたら本当に嵌ってた」

近寄ってくる向居に、思わずあとずさった。

「――まあたいして仕事できないのは俺も同じですけどね」

向居が口の端を歪めるようにして笑った。

「本当に、俺に悪いと思ってるんですか？」

返事をする前に、向居が腕をつかんだ。反射的に逃げようとしたのを許さず、向居は反対の手で千裕の頬をつかんだ。えっ、と思ったときには口づけられていた。

顔を斜めにして唇が押しつけられ、驚きに口を開けたところに舌が入ってきた。腕をつかんでいた向居の手に力がこもり、引き寄せられる。

なにがなんだかわからず混乱しているうちに舌を強く吸われ、向居の口の中に引き込まれた。舌を甘噛みされ、唇を舐められる。激しいキスに動転し、千裕は抵抗することもできずにされるままになっていた。

「う、――っ」

息が苦しくなって、ようやく向居の胸を押し返した。それでも許してくれない。頭の後ろを摑まれ、舌をきつく吸われた。

「――ッ、……う」

キスは、始まったのと同じくらいの唐突さで終わった。濡れた音をたてて向居の唇が離れていく。唾液が糸を引き、唇を濡らした。心臓がどっどっと激しく打っている。今自分が何をされたのか、脳が理解しようとすることを拒否していた。

「な――に……」

向居が離れた。ポケットからハンカチを出して無言で突きつけてくる。千裕は首を振って拳で口を拭った。

俺のこと好きなんだろ、と傲慢な気持ちで向居を見ていた。それを見透かされ、仕返しされた。

胸の中がぐらぐら沸き立つ。怒りと情けなさ、自己嫌悪でどうにかなってしまいそうだった。

「俺は謝りませんから」

向居が投げ捨てるように言ってハンカチをポケットに突っ込んだ。挑むような目が千裕を突き刺した。

無理やりキスされたショックと怒りで足元がぐらつきそうになったが、千裕はどうにか踏ん張った。

謝るつもりはない、と言われてかえってすっと冷静になった。

「——俺は、謝る」

ずっと胸にもやもやとわだかまっていた塊が、口から勝手に吐きだされた。

向居が驚いたように眉を上げた。

「俺は向居に謝る。勝手に競争意識持って、勝手に負けた気分になって、勝手に…いろいろひねくれた。あげくに向居に指示されたってことにこだわって、やるべきことに手を抜いてた」

向居、とあえて呼び捨てにしたのは、自分の素で謝ろうと決心したからだ。

南千裕

これは俺の悪い癖だ、と千裕は勇気を出して視線をそらさず向居を見つめた。

負けず嫌いはいいとして、勝てそうもないとわかったらすぐ逃げる。ずっと自分のそういうところに気づいてはいた。

これは負けだ。

誰にということではなく、徹底的に負けた。

認めたくなくてあがいていたのに、自分の負けを口にしたら、逆に腹が落ち着いた。

向居は無言でしばらく千裕を見つめていたが、やがて肩から力を抜いた。

なにか言いかけて止め、向居は考え込むように視線を落とした。

「――短い間でしたけど、お世話になりました」

ややして向居がぽつりと言った。

「それじゃ、――失礼します」

向居はスーツの襟を直し、背筋を正した。ミーティングルームのドアノブに手をかけ、行きかけて、ふと千裕のほうを振り返った。思わず身構えた。

「南さんは俺みたいなSっけのあるゲイに狙われやすいから、気をつけたほうがいいですよ」

びっくりしている千裕にほんの少しだけ笑いかけ、向居は部屋を出て行った。

7

年が明け、一月の終わりに向居(むかい)は円満退社した。

販促には春から入る新入社員が配属される予定で、千裕(ちひろ)の異動はなくなった。秦(はた)はそのまま担当者として残ったが、丹羽(にわ)はよそに移ったと聞いた。

「ま、人の回転早いですからねー、うちの業界」

秦はいつものテンションでそんなことを言っていた。

向居が着手しかけていたＥＣストアの改善を新たに始め、千裕は積極的に社内外の勉強会にも参加するようになった。

今まで、仕事は要領よくやるのが一番だと思っていた。最小限の労力で、最大のリターンを得ること。そんなに出世しなくていいが、居づらくならないようにそこそこのポジションはほしい。

営業一課の宮下(みやした)さんか経営企画室の遠野(とおの)さん。将来の役員候補、経営陣に顔と名前を覚えてもらっておいて損はない。そんなことを考えるともなく考えていた。

――南(みなみ)さんみたいな人は、新卒カードで入った組織に守ってもらったほうが利巧(りこう)です。

悔しいが、向居に言われた通りだ。

でも「それで?」と開き直る気にはなれなかった。

四月の終わり、新人が配属されてきた。

越智は口が重く、なにかと凹む性格で扱いづらかったが、千裕は根気よく指導した。

「南さんって後輩にはもっとドライかと思ってましたよ。意外だなあ」

打てば響くタイプではないので、打ち合わせをしていてもなにかと足を引っ張られる。越智が委縮しないように、しかし秦に迷惑をかけないようにと対応を工夫していると秦に妙に感心された。

「後輩ができて、ずいぶん雰囲気変わりましたよねえ」

「そりゃあね。俺だってちょっとは成長します」

調子を合わせて苦笑したが、もし自分が変わったのだとしたら、それは後輩ができたからではない。

自社製品の企画開発が安定して、営業部にEC部門ができた。越智にキャンペーンを任せられるようになると、千裕は商品開発部の会議に呼ばれるようになった。

販促の一環で行うアンケートを分析して資料を作り、意見を出す。

だんだん仕事の面白さがわかるようになってきて、気づくとまた春が巡って来た。

「南さんって、入社されてからまだ一回も異動がないんですよね」

出先からの帰り道、もう一年経つのか、という話から、越智にふと訊かれた。

「そうなんだよ。タイミング悪くてさ」

「まさか、そろそろとかってないですよね？　南さんいなくなったら不安だからもうちょっといてくださいよ？」

「それ俺に言われてもなあ。会社員は辞令に従うのみだろ」

口が重くてなかなか心を開いてくれなかった後輩とも、いつの間にかそんな話をして笑えるようになっていた。

「南君」

エントランスで越智とエレベーターを待っていると、後ろから声をかけられた。同期の七瀬（ななせ）だ。

「久しぶり」

「おう」

スタイルのよさが際立つ七瀬のパンツスーツに、隣で越智もまぶしそうに会釈（えしゃく）をした。

「ごめんな、送別会出れなくて」

七瀬は今月いっぱいで退職をする。千裕にはよくわからない美容系の仕事に就（つ）く予定だと聞いた。

「出張はしょうがないでしょ。悪いと思ってるなら個人的に送別会してよ」

「じゃあ越智も一緒に昼飯でも食うか？」

二人きりで夜会ったりするのはなんとなく避けたかった。

「いえ、俺は遠慮しますよ」

越智が慌てたように手を振った。

「先に戻ってますから、先輩はゆっくりどうぞ」

昼休憩の時間帯だったので、それなら、とそのまま二人で会社のそばのカフェに入った。

「あのさ、ずっと気になってたんだけど、あのときはごめんね」

ランチを食べながら、しばらく互いの近況を報告し合い、七瀬が言いづらそうに切り出した。

「もう南君は忘れてるかもしれないけど、向居さんが中途で入ってきたとき、あたし南君に失礼なことしたよね」

「あったね」

以前ならすっかり忘れてた、というポーズを取っただろうが、千裕は苦笑した。

「正直、かなり凹んだ」

「ごめん！」

七瀬が小さく頭を下げた。

「悪いことしたってずっと気になってたんだ。本当にごめん」

「そんなに謝るほどのことでもないだろ。別につき合ってたとかってわけでもないし」

「まあ、それはそうなんだけど。――あたし向居君に振られちゃったしね」

七瀬が首をすくめた。

「そうなんだ」

千裕とはずっと曖昧な関係を楽しんでいたのに、向居にはそこまでの気持ちがあったのか、と驚いた。

「ぜんぜん脈なかったたし、二人で出かけたのも南君とばったり会っちゃったあのときだけなんだけど、なんかすごい好きになっちゃって。告白なんかしたの、中学生以来だったなー」

七瀬が照れくさそうにグラスの水を一口飲んだ。

「でも不思議なんだけど、勇気出して告白したら、だめだったのにそれからすごい元気になったんだよね、あたし」

確かに七瀬は以前より活き活きしている。

「向居君ってクールな感じだけど、すごく優しい断わりかたで、誠意があるっていうの？　だからそのときは落ち込んだけど、あとからじわじわエネルギー湧いてきて」

強がりなどではないのは本人を見ていればわかる。それに、七瀬の言っていることは千裕自身にも思い当たった。

また会おうね、ときっと守られない約束をして、社外に出ていく七瀬とはカフェの前で別れた。

会社に戻りながら、千裕はなんとなく空を見上げた。すっかり日差しが柔らかくなり、プロムナードの街路樹も瑞々しい葉を揺らしている。

今ごろ、向居はどうしてるんだろう。

向居が中途で入ってきたのもこの季節だった。

秦に訊けば向居の動向などすぐわかるだろうが、千裕はあえて訊かなかったし、秦が噂話をしそうになるたびにさりげなく話題を変えた。

それでいて、なにかの折に触れては向居のことを考えてしまう。

一緒に働いたのは一年にも満たない短い期間だったのに、向居は確実に千裕に影響を与えた。

――甘ちゃんで器が小さくて、たいして仕事もできないくせにいい気になってるのがめちゃくちゃ可愛い。

言われたときは馬鹿にされた、とものすごく屈辱だったし、悔しかった。今もその評価には傷ついている。

一方で、あれは自分に必要な、正当な評価だった、とも思っていた。

たいして仕事もできないくせにいい気になって――本当に、その通りだ。

もちろんあのとき強引に口づけられたことも忘れていない。

無理やりされたことには腹が立つし、許すべきでもないが、そこに至るまでの自分の態度を考えれば、一方的に被害者ぶるのも違うとわかっている。

それに、――正直なところ、時間が経つにつれて、千裕は奇妙に胸が騒ぐのを感じていた。

あの一方的なキスには求愛の要素は一切なかった。むしろ好意にあぐらをかいている千裕に対する仕返しのようなものだった。

それでもそこには情熱があって、千裕は今ごろその熱に炙られていた。

目の前にいたときは素直に認めることができなかったが、向居に対して反発と同じくらい憧れの気持ちを持っていたからだ。

もう会うこともないだろうが、向居のことを考えると自然に背筋が伸びる。あらゆることに積極的に取り組める。

それで十分だ。


そう思っていた翌年早々、千裕は向居に再会した。

8

「お久しぶりです、南さん」

差し出された名刺は、一見シンプルだったが受け取ると手触りが独特だった。手すき和紙のような軽さで、かつ厚みがある。社名は浮き上がるように加工されていて、向居真也という名前だけがすっきりとしたフォントで印字されていた。

「お元気そうですね」

ほぼ二年ぶりの向居は、ライトグレーのスーツに臙脂のネクタイで、少し髪を伸ばしていた。

「向居さんも」

緊張で固くなっているのを気取られないように、千裕はできるだけ自然な笑顔を浮かべた。

ＮＩＴＴＡのミーティングルームで、千裕は秦の横に立っている向居と名刺交換をしていた。

千裕のほうも隣には越智がいて、千裕に続いて「初めまして」と名刺を出している。

向居の名刺にはＡワークス代表補佐・ディレクターと肩書が二つついていた。

「以前はお世話になりました。こんな形で向居さんにまたお会いできるなんて、思ってなかったです」

「私もです。秦さんからお話をいただいて、驚きました。改めまして、よろしくお願いします」

話しぶりが明るく洒脱で、そういえば向居は相手によって微妙に声のトーンを変えてたな、と懐かしく思い出した。

それにしても髪型が少し変わっただけで、こんなにも印象が違うのか、と千裕は内心どぎまぎしていた。以前はすっきりと短く整えて、額も見えていたのに今は前髪が厚めで、全体にモードな感じだ。

「こうやって三人で顔を合わせることができて、ほんと僕も嬉しいですよ」

秦は社交辞令ばかりでもなさそうににこにこしている。

向居は友人の経営するプロモーション会社で補佐を務めていた。実質共同経営なんじゃないですかね、というのが秦の推測だ。

会社のウェブサイトには「企業の広告・販促・戦略企画、およびコンサルティング」とあって、実績にはさまざまな企業案件が紹介されていた。今回はＮＩＴＴＡの自社ＥＣストアのブランディングとプロモーションを頼むことになっている。秦の会社はイベントや展示会が主体なので、「そういうの得意なとこ知ってますよ」と悪戯っぽい顔で紹介されたのが向居だった。

初対面なのは越智と向居だけだったが、その夜居酒屋で親睦を深めた。

四人掛けの卓で、千裕の前に向居が座った。

二度と会うことはないだろうと思っていたのに、目の前に向居がいて、以前と同じように談笑している。笑うと目じりが下がって、向居はこんな笑いかたをしたっけ、と妙に新鮮だった。

「南さん」

次の日があるので早々に解散になり、方向の違う三人とは改札で別れたはずなのに、ホームに向かう連絡通路でうしろから肩を叩かれた。向居だ。

「えっ」

驚いて声が出た。追いかけて来たらしい向居は軽く息をはずませていて、忘れ物でも届けにきてくれたのかと慌てた。

「ちょっといいですか」

「え？　あ、はい」

路線の重なる連絡通路は人の行き来が多く、向居が端のほうに移動した。

「すみません、急に。迷ったんですがやっぱり言っておこうと思って」

向居は千裕と視線を合わせ、瞬きをした。あ、と懐かしさに千裕は思わず口元が緩んだ。向居は千裕と視線をまっすぐ合わせると、ときどきこんな瞬きをしていた。たぶん本人も気づいていない癖だ。

千裕が笑ったのに、一瞬不思議そうな顔をしたが、向居もつられたようにほのかに笑った。お互い、あのときのやりとりやキスを思い出している。親密さと気まずさが同時に生まれ、千裕はつい視線を逸らせた。

「南さん」

向居の声が固くなった。

「南さんには以前失礼なことをしたのに、きちんとした謝罪をしていませんでした。こんなところで申し訳ありませんが、謝罪させてください」

そのために追いかけて来たのか、と千裕は驚いた。

「本当に申し訳ありませんでした」

「いえ！」

頭を下げようとした向居に、千裕は慌てて首を振った。

「止めてください。それに、僕も十分失礼なことをしました」

自分の言動を思い返すと恥ずかしくてたまらなくなる。

「南さんには、酷いことも言いました」

「新卒カードで入った会社に守ってもらったほうが利巧ですよって、あれですか？　たいして仕事もできないくせにいい気になって、って」

一言一句、忘れていない。向居の頬が固くなった。

「いいんです。その通りですし」

千裕はできるだけ軽く笑って見せた。

「正直、あのときは腹が立ちましたし、ものすごく落ち込みました。でも言ってもらってよかったです」

「――最後に傷つけてやろうと思ったんです。酷いことを言ってしまって、ずっと後悔していました」

向居からここまで率直な言葉を聞くとは思わなかった。

「僕が先にあなたに卑怯な態度をとっていたからです。こちらこそ、すみませんでした」

千裕もできるだけ誠実に謝った。向居がまたまぶしそうに瞬きをした。

「秦さんから話をもらったとき、だいぶ迷ったんです。南さんが嫌なんじゃないかと思って」

「そんなことは…」

確かにたじろいだが、むしろ二度と会えないと思っていたのに、と胸が高鳴った。

「驚きましたけど、向居さんにお願いできるんだったら心強いなと思いましたよ。お仕事ぶりはよく知っていますので」

向居がわずかに目を見開いた。

「…南さんにそんなふうに言っていただけてよかったです。もうあんなことは絶対にしないと誓いますので、安心してください」

最後のほうは小声になり、千裕は気恥ずかしさをこらえてうなずいた。

「わかりました」

「それに、今はちゃんとパートナーもいますので」

「えっ？」

一瞬意味がわからなかった。

「あ、ああ。そうなんですか」

向居の面映ゆそうな表情で悟り、驚きで声が跳ね上がった。

「彼は今の会社の代表なんです。ですからなおさら、もう公私混同するような真似はしません」

彼氏がいるから安心しろと念押しされたのだとわかり、千裕は急いで「了解です」と笑ってみせた。なぜか、心が曇った。

「それじゃ。お引き止めしてすみませんでした」

向居が話を切り上げた。

「失礼します」

軽く頭を下げると、向居は引き返して行った。

以前、こうして別れるとき、向居はいつも千裕が歩き出すまで自分からは離れていかなった。そんなことも急に思い出した。

姿勢のいい後ろ姿を少しだけ見送り、千裕も歩きだした。

向居には彼氏がいる……。

千裕を安心させるためにプライベートなことまで話してくれたのだと理解しつつ、もうおまえには興味なんかないから、と突き放された気がした。

本来「よかった」と安堵するところのはずなのに、千裕はすうっと気持ちが萎(しぼ)んでいくのを感じていた。「自分を好きだという男に対する優越感を味わいたい」という下劣な気持ちがまだ心の隅に残っていたらしい。

いい加減にしろよ、と千裕は幼稚な自分をたしなめた。

ＥＣストアのプロモーションを向居の会社に依頼することになったのは、営業部でも話題になっていた。

横やりが入らないかとひそかに心配していたが、向居が退社した経緯に同情している者は多く、むしろ好意的に受け止められていた。今回うまくいけば継続になるだろうから頑張れ、とわざわざ声をかけてくれる人もいた。

その日、千裕は初めて向居のオフィスに足を向けた。

駅直結のビジネスタワーのワンフロアで、いつもは向居のほうから来てくれるので、千裕がここに来るのは初めてだ。近くに用事があったので、サンプルと資料を届けるのに寄った。

インフォメーションデスクの横にずらりと並ぶプレートに刻印されたロゴとAワークスという名前を確認して、千裕はエレベーターホールに向かった。

朝から冷え込んで、電車の中からみぞれが降るのが見えていたが、タワーの中は空調がよく効いている。高層階行のエレベーターに乗って、ものの数十秒で二十八階についた。受付などはないが、ライトブルーの壁に社名プレートが嵌めこまれ、そこにライトが当たっている。さすがにスタイリッシュだ。

コートを脱いで腕にかけていると、中からひょいと男が出てきた。

ざっくりしたハイネックセーターにワークパンツという軽装で、小脇にノートパソコンを抱えている。首にはヘッドフォンを引っかけていて、気分転換に作業場所を変えようとしているエンジニア、というふうに見えた。

「失礼ですが、もしかして南さんですか？」

目が合って、男が気さくに声をかけてきた。

「あ、はい。向居さんとお約束があってまいりました」

名前を言い当てられて驚いたが、来客予定を知っていたのだろう。

「ちょっと待ってくださいね」

男はそこにあった受付用の電話の受話器を取った。

「ねえ、向居いる？　うん、来客」

カジュアルな話しぶりに、さすがに若い会社だな、と変に感心する。

「ん、りょうかーい」

一言二言話すと、男は受話器を置いて千裕のほうに向き直った。同年代だろうが、ラフな格好をしているぶん若く見える。そしてかなりの美形だ。明るい髪色がキャメルのセーターに映(は)える。

「お待たせしました。こちらにどうぞ」

てっきりすぐ来るからここで待つようにと言われると思っていたが、男は先にたって歩き出した。慌ててついて行くと、廊下の一番端の部屋に案内された。

「失礼します」

中は想像していたよりも広かった。

クライアントと打ち合わせをするのに使う部屋なのか、可動式(かどうしき)のテーブルとチェアが三組あり、大きなモニターがそれぞれに設置されていた。カーペットと壁はライトブルーで、チェアはそのブルーに映えるイエローやグリーンだ。

「向居、すぐ来ると思いますので、こちらにかけてお待ちください」

男が片手で一番近くのテーブルのチェアを引きだした。

「ありがとうございます」

千裕が座ると、男は立ったままにっこりした。なんとなく「もしかして」という予感がした。

「今、名刺がないんですが、私は伊崎と申します」

「あ、南です」

急いでスーツの内ポケットから名刺を出そうとすると、伊崎と名乗った男は「南さんのことはよく存じ上げていますよ」とほがらかに答えた。

「以前真也がお世話になったそうですね」

真也、と下の名前を口にした伊崎に、やっぱりそうか、と千裕はどきっとした。

「短い間でしたが、向居さんにはいろいろご指導いただきました」

立ち上がって名刺を渡すと、伊崎はスマートな仕草で受け取った。

「ちょうだいします」

指が細く、爪は磨いているのか光っていた。近くで見ると本当に美しい男だ。決して女性的ではないのに、肌のきめ細やかさや眉の整えかたのせいか、男なのに美人、と表現したくなる。

「南さんのことは、真也からいろいろうかがいました」

厭味などではなく、ごくフラットな言いかただったが「真也」と名前で呼ぶのには意図がある。牽制、というほどでもない、「知っていますよ」というサインだ。恥ずかしくて目を見られなかった。

「ずいぶんご迷惑をかけたとかで」

「いえ！　それはこちらのほうです」

「失礼します」

話しているとドアがノックされ、向居が現れた。スーツの上着は脱いでいて、Vネックセーターを着ている。

「それじゃ、僕はこれで」

伊崎が会釈して出ていく。

すれ違ったときに伊崎と向居が自然に笑みを浮かべた。それがいかにも親密そうで、がっしりした体格の向居とスリムな伊崎はバランスもいい。お似合い、という古くさい言葉が脳裏をよぎった。

「あの、伊崎さんはもしかして、ここの代表のかたですか？」

「ええ」

伊崎が出ていき、千裕が小声で訊くと、向居は一瞬目を見開いたが、すぐにあっさりとうなずいた。

「あんな感じなんでよく驚かれるんですけど、ここは彼が起ち上げたんです。今年で七年目かな」

間違いないだろうとは思っていたが、やはり彼が向居の恋人だ。

向居に相手がいるとわかったときは、正直少し面白くないと思ってしまった。が、実際の伊崎を見てしまうとそんな気持ちも吹っ飛んだ。向居が自分を好きらしいと気づいたときは「なんで俺？」と疑問しかなかったが、伊崎なら納得できる。

「彼とは学生時代からのつき合いで、長いんですよ。ここも起ち上げのとき少し絡んでて、それで僕がＮＩＴＴＡを辞めたって話したら、それならちょうどいいから手伝えって話になったんです」

「そうなんですか」

向居と伊崎が並んでいたらさぞ目立っていただろうな、と学生時代の二人を想像しながら、千裕は意識を切り替えてサンプルを出した。

「新しいラインナップはこの三種で、カラーバリエーションとサイズはこちらに記載してあります。実際の色味はこれですね」

「なるほど」

大手警備会社とバッティングした個人消費者向けの防犯シリーズは、営業部会の会議資料に一項目として扱われる程度には成長していた。

「順調に伸びてますね」

「年末に女優さんがファンに家宅侵入されたって事件があったでしょう。あれがきっかけで女性の一人暮らしにはおすすめ、ってメディアがだいぶとりあげてくれたんです。インテリアに馴染むのと、女性一人でも設置できる仕様になってるっていうのがやはりアドバンテージで、伸びました」

部内会議に提出するために作った資料を見せると、向居は興味深そうに口に指を当ててタブレット画面に見入った。

「この資料は、南さんが？」

「そうです。キャンペーンのアンケートなんかもまとめてますけど、そっちも参考にされますか？」

「ぜひ」

「じゃああとでメールでお送りしますね」

以前はこうした資料作成は面倒な作業だとしか思わなかった。今も面倒なことには変わりはないが、少なくとも目的意識をもって取り組むようにはなった。

「データが見やすいですね」

向居が呟くように言った。褒められたようで嬉しくなった。

「向居さんがうちにいたとき作ったプレゼン用の資料も、ときどき見て勉強してるんですよ」

「僕の？」

向居が驚いたように顔を上げた。

「予算獲得のプレゼンの極意は資料にもありましたね」

冗談めかしたが、地道に勉強してきたのは本当だ。

サンプルと資料を渡すために来ただけなので、あまり時間をとらせては申し訳ない。千裕は早々に腰を上げた。

「南さん」

エレベーターのところまで見送りをしてくれていた向居が、別れ際にふと呼び止めた。

「また南さんと一緒に仕事ができて、よかったです」

生真面目(きまじめ)に言われて、千裕も思わず姿勢を正した。

「――僕もそう思っています」

失敗を糧(かて)にすることはできても、こんなふうにやり直しができることはめったにない。目で微笑み合い、千裕は頑張ろう、と改めて心に誓った。

エレベーターでエントランスまで下りると、コンビニの袋を下げた伊崎が入ってくるのと鉢(はち)合(あ)わせをした。

「もうお帰りですか」

ダウンコートにマフラーをした伊崎は、ビジネスコートの群の中でひときわ目につく。

「わざわざお運びいただいて、ありがとうございました」

「いえ、こちらこそお時間をいただきまして」

寒さのせいか伊崎の頬が赤くなっていて、それがいっそう彼の容貌(ようぼう)を華やかに見せていた。

軽く挨拶(あいさつ)をして別れたが、伊崎とすれ違ったときにふわっといい香りがした。思わず肩越しに振り返ると、伊崎もこっちを見ていた。びっくりして慌てて会釈すると、くすりと笑って会釈を返してくる。そんななにげない動作にも華があった。

顔を合わせるたびに「美しいな」という思いが強くなる不思議な人だ。

伊崎はそのままエレベーターホールのほうに向かって行った。

——向居なら、あのくらいの人でないと釣り合わない。

学生時代からのつき合いだと言っていたのを思い出し、もしかしたら自分と働いていた時期は、長年のつき合いにちょっと刺激がほしくなっていた頃なのかもしれない、と思いついた。

それならなおさら納得だ。

伊崎は千裕のことを認識していた。たぶん、千裕とのことを全部打ち明けられている。それだけ二人の関係は揺るぎのないものなのだろう。

「さむ」

空調の利いたビルから外に出ると、冷たい風が吹きつけてきた。駅のコンコースまで連絡通路は吹きさらしだ。

コートの襟に顎を埋めるようにして、千裕は早足で改札に向かった。


プロモーションの施策プランをいくつかもらい、営業のEC部門と検討して正式にAワークスと契約した。

担当窓口は千裕で、Aワークスのディレクターは向居だ。本来向居がこんな小さな案件に携わることはないようだが、前回のリベンジのつもりもあって引き受けてくれたようだ。

プロモーション準備に入ると、ほぼ毎日なにかしら連絡を取り合い、週に何度も顔を合わせるようになった。

そうしてクライアントの立場になってみると、向居の優秀さは同僚として仕事をしていたときよりも何倍もよくわかった。

レスポンスが速いのは知っていたが、速いだけでなく無駄がない。

交通整理がうまいので癖の強いクリエイティブ職の人間同士もうまく嚙み合うし、決断が早く的確なのでメンバーの連携もスムースにいく。

なによりいくつも並行するプロジェクトを抱えているはずなのに、まったくそうは感じさせないことに千裕は驚嘆した。

「仕事できる人ってやっぱりカッコいいですねえ」

打ち合わせで同席するたびに越智もため息をついた。

「まったくな。まあそうそう真似できないけど」

「えっ、南さんだって仕事できるじゃないですか」

お世辞ばかりでもなさそうだったが、千裕は噴き出した。

「今の発言、百点満点ね。同僚と円滑にコミュニケーションとるのも仕事だから」

「本当ですって」

少しは成長していると向居にも思ってもらえたら嬉しい。あまり自信はないが。

ただ、努力だけはしているつもりだ。

その日は向居が動画の納品に来て、一緒に会議室のモニターでチェックをした。ストアのＵＩも一新するので、サンプルを見せてもらい、全部が終わるといつの間にか窓の外は真っ暗になっていた。

「もうこんな時間か」

二月はどこの部署も比較的落ち着いている。時計を見るとまだ八時を過ぎたところだったが、会議室だけではなく外も静かだ。

「冷えますね」

暖房の設定温度を上げようかとも思ったが、もう片づけて帰るだけだ。

「あ、っと」

バインダーを取ろうとして、指をふちで擦ってしまった。ちりっとした痛みが走る。

「大丈夫ですか」

「ちょっと指を切ったみたいで」

人差し指の先からみるみる血が滲む。反射的に唇を当て、千裕はどきっとした。

これと同じことが以前もあった。

同じように向居と二人で残業をしていて、紙で指を切った。あのとき、初めて向居が自分に特別な感情を持っているらしい、と勘付いた。

勝利感に酔っていた自分を思い出すとひどく恥ずかしく、いたたまれない。

「これ、使ってください」

向居がポケットティッシュを出した。

「すみません」

受け取ろうとした指先から、滲んでいた血がぽとっとデスクに落ちた。

「大丈夫ですか」

慌てたように手を取られて、かっと頬が熱くなった。

「これ痛いですよね、俺もたまにやります」

向居にティッシュで指を押さえてもらって、千裕は心臓がひっくり返りそうになった。向居が自分を「俺」と言ったことにも動揺して、そんなことくらいで動揺する自分にまた動揺する。

「――すみません」

千裕が身体を固くしているのに気づいて、向居がしまった、というように手を離した。

「いえ、その」

向居はそんなつもりはないのに、まるで警戒しているように取られてしまった。違う、と言いたかったがうまいフォローの言葉が出てこない。

千裕はティッシュで指先を強く押さえた。幸い、血はすぐに止まってくれた。

「捨てときますよ」

向居がティッシュを片づけ、ついでにデスクの上も整理してくれた。

「ちょっとすみません」

向居がスマホを手に、会議室の外に出た。どこかから連絡が入っていたのに気づいたらしく、誰かと話をしている。静かなので向居の声はドア越しにも聞こえてきた。報告を聞き、それに指示を出している。相手が誰かはわからないが、千裕は無意識に伊崎を想像していた。

伊崎と顔を合わせたのは向居のオフィスに行った一回きりなのに、ふとした折に思い出してしまう。

きめの細かい美しい肌、綺麗な眉と明るい髪色……向居と並んだらさぞ似合うだろうと思っていた。

伊崎は向居に触れられている。そしてあのきれいな指で何度も向居に触れている。

今まで他人の情事になど興味を持ったことはなかった。

どうして想像してしまうのか。

向居はどんなふうに伊崎に触れて、どんなふうに触れられているんだろう。キスは、抱擁は、セックスは。

同性の性行為に興奮してしまうことに驚き、勝手にそんなことを想像する後ろめたさで落ち込んだ。

それなのに、つい考えてしまう。想像してしまう。

……俺は、もしかして、向居のことが好きになっているんだろうか。

まさか、と否定しても、すぐにまたその思いが頭をもたげる。

無理やりキスされたときの記憶が、今さらこんなに自分を悩ませるとは思わなかった。

獰猛な舌が口の中に入ってきて、千裕の舌を激しく蹂躙した。強く吸われ、捏ねまわされ、頭がじんじん痺れてなにも考えられなくなった。

不意打ちに驚きすぎて抵抗できなかったこともあるが、なによりあんなに激しいキスは初めてで、ひたすら圧倒されていた。

向居は、恋人にはもっと荒々しく口づけるのだろうか。それとも優しいキスをするのだろうか。

あのときは侮辱(ぶじょく)された、と怒りが湧いたが、考えてみれば嫌悪はまったくなかった。

「南さん」

廊下で電話していた向居が戻ってきた。ぼんやり考えこんでいたので、びっくりしてもう少しで手に持っていたスマホを落とすところだった。

「伊崎が近くまで来てるらしくて、車で拾っていくと言ってるんですが、南さんも駅まで乗っていきませんか」

反射的に「嫌だ」と思った。

見たくない――向居が恋人といるのを見たくない。

その強い拒否の気持ちに、千裕は愕然(がくぜん)とした。

「一緒に出ましょう」

向居のほうは当たり前のように言って帰り支度を始めた。

もう少し仕事が残っているので、という断わり文句が喉元(のどもと)まで出そうになった。が、千裕はあえて「それじゃ、お言葉に甘えて」と応じた。

向居を好きになっているかもしれないという事実を否定したかった。

憧れているだけ、尊敬しているだけ、二年前のことに罪悪感を持っているだけで、同性に恋愛感情を持つわけがない。そんなはずはない。

でも一度はっきりと認識した感情は、無視できなくなっていた。それに、どこかでとっくに気づいていた。

「寒いですね」

エントランスを出て、向居がコートの襟を立てた。ロングコートが憎らしいほど似合う。

「髪型、変えられたんですね」

再会して一番驚いたのがそれだ。スーツの着こなしなど、身に着けるものに気を遣うほうだというのは知っているが、それはあくまでも「仕事相手の信頼を得るためにきちんとした服装を心掛ける」というニュアンスが強かった。爪まで綺麗に磨いていた伊崎とは少し意味が違う。

「伊崎の友達が美容師なんです。カットの練習台にされて、もうちょっとで色まで変えられるところでした」

やっぱり伊崎の影響なのか、と苦笑している向居に千裕もひっそりと笑った。

「あ、来ましたね」

待つほどもなく、ウインカーを点滅させて流線形のセダンが滑り込んできた。暗くて車種はよくわからなかったが、車体の曲線が特徴的で、いかにも伊崎の車、という感じがした。

「すみません、僕まで乗せていただいて」

「通り道ですから」

千裕は後部座席で、向居は当然助手席に乗り込んだ。

「お疲れ」

「ん」

短いやりとりに、長年つき合ってきた空気がある。

シートベルトをつけている向居に、伊崎が手を伸ばした。ベルトが曲がっているのを直してやっただけなのに、千裕は反射的に目を逸(そ)らした。

「どうもありがとうございました」

車だと駅まではあっという間だ。

送迎スペースで車を降りて、千裕は車を見送った。

ロータリーを回ってテールランプが消えていく。

身体が重い。ひどく疲れた。どうしてこんなに打ちのめされた気持ちになっているのか、もうわかっている。

公私を共にするパートナーがいる男に、今さら片想いをしている。

同性にこんな感情を抱いたのは初めてで動揺したが、考えてみれば、千裕は異性に対しても、こんなふうに心を乱されることは一度もなかった。

お互いなんとなく意識して、何度か二人きりで会ってみてしっくりきたらつき合う――いつもそんな感じだったから、片想いをしたこともない。

駅のほうに歩きかけて、二歩目で立ち止まった。

冷たい空気に吐きだす息が溶ける。

コートのポケットに入れた手が冷たい。

思わず振り返って車が消えたほうを見た。

シートベルトがよじれているのを直してやっていた伊崎の手が脳裏によみがえった。

学生のころからのつき合いで、長いんですよ——たぶん、自分のことはほんの気の迷いだった。なんで向居が俺なんかを、と不思議に思いながらもいい気になっていたのが滑稽だ。

馬鹿みたいだな、と笑ったら、喉の奥がつっかえた。

一緒に仕事をしていただけで、向居のことなど、なにも知らない。千裕が知っているのは断片的な経歴と、古いSF映画のファンで、最新三部作に不満を持っていること、家系的に酒が強いこと、ゲイで、Sっけがあって、長い関係のパートナーがいることだけだ。

そしてそのパートナーは、自分で会社を起こして成功させるだけの能力があって、華やかで、美しい人だ。

可能性などまったくないし、表面的なことしか知らない相手に、どうしてこんなに惹かれるんだろう。

自分の一番だめなところを暴かれて、強く揺さぶられたからだろうか。

ECストアのリニューアルとプロモーションは来月始まる。それでこの仕事は終わりだ。保守を頼むとしても、ディレクターの向居にはもう会えない。

あと直接会えるのは何回だろう。ぎゅっと胸が痛くなった。

向居が退社したときも「もう会うことはないだろうな」と思った。でも今のような辛い気持ちにはならなかった。

向居には知らなかった感情をたくさん味わわされた。

大半は快いものではなかったが、自分にとっては全部が貴重だった。

細く息を吐きだすと、千裕はゆっくり歩きだした。

今のこの気持ちも、きっと過ぎれば大切なものになる。


その夜、千裕は夢を見た。

伊崎と向居がベッドにいる性的な夢で、いつしか伊崎と自分が入れ替わっていた。

向居の情熱的なキスに陶然とし、密着する肌に興奮した。唾液や汗、息遣い、生々しい性行為の夢を見て、目を覚ました。

「……」

シーツが汗で湿っていて、まだ夢の中の余韻が残っている。身体が火照って、毛布を蹴り捨てた。目を閉じて投げやりに興奮した身体に手を伸ばす。できるだけなにも考えないようにして、生理現象にけりをつけた。

夢の中で、向居は「千裕」と呼んでいた。

「ありえない」

呟いて、一人で笑った。
ありえないから夢だ。

9

ECストアのリニューアルとプロモーションは満を持して三月にスタートした。

言葉にはしなかったが、お互い二年前のリベンジのつもりがあるのはわかっていたから、営業のEC部門から上がってきた最初のセールスはすぐに向居に転送した。

折り返しに電話がかかってきた。

『今、報告見ました。いい感じですね』

そのとき、千裕はコンベンションセンターの駐車場にいた。

毎年行われる防犯フェア展示会の初日で、搬入準備を終えたところだった。

「ありがとうございます。Aワークスさんのおかげで、勢いのあるスタートが切れました」

売り上げはEC部門の当初目標を大きく上回り、各方面からの問い合わせもかなり入っている。念入りに準備を重ね、手ごたえは感じていたが、やはり実際の数字を目にすると達成感もひとしおだった。向居に喜んでもらえたことも嬉しい。「また改めてECの担当者からもご報告が行くと思います」

『ところで今日から展示会ですよね。おじゃまでなければ寄らせていただきたいんですが、構いませんか？』

ひとしきりねぎらい合って、そろそろ行かないと、と名残惜しい気持ちで腕時計で時間を確かめたときに向居が思いがけないことを言い出した。

『今日、近くに用事があるんです。ついでと言ったら失礼になりますが、せっかくなので』

「ええ、それでしたらぜひいらして下さい」

声が弾んだ。嬉しくて胸が高鳴る。

もしかしたらもう直接会える機会はないかもしれない、と思っていたのだ。

プロモーションが始まってしまえば向居に直接会う必要はなくなるし、秦が打ち上げを提案してくれていたが、スケジュールが合わない可能性も高い。

千裕もすでに異動の内示が出ていた。新しくできる広報管理部の主任で、職務階級は一つ上がる。

最後にちゃんとした挨拶ができたらいいなと思っていたから、またとない機会だ。

向居に会える、と思っただけで急に心拍数が上がった。

ライトバンに積み込みかけていた備品の残りを収めてしまうと、千裕は会場のほうに向かった。展示会用のブルゾンなどどう直しても同じなのに、途中の廊下で壁に貼ってある鏡でちょっと袖口を直したりした。

早く顔を見たい。いつ来てくれるんだろう。

どんどん気持ちが逸って、何時くらいに来るのか訊けばよかった、と後悔した。ついでに昼食に誘うこともできたかもしれないのに。そこまで考えて、しまった、と千裕は立ち止まった。来てくれるということで舞い上がって、頭が回らなかった。今からでも訊いてみようか。

会場の入り口付近は搬入準備の人たちでごった返していた。

人の行き来の邪魔にならない柱の陰でスマホを出して、でもな、と千裕はためらった。向居は今ごろオフィスで、朝のミーティングやスケジュール確認で忙しいはずだ。仕事でもないのに割り込むのは迷惑だろう。そもそも時間を縫って来てくれるであろう向居にアポイントを取るようなことをするのもためらわれた。

やっぱりさっき電話をくれたときに訊けばよかった、と後悔したが、もう遅い。

来てくれたときに手が空いていれば近くでお茶を飲むくらいはできるだろう、と自分を慰めながら人の流れに乗って会場に入った。

「南さん」

すっかり準備の整ったNITTAのブースに近づくと、秦と越智がフライヤーの束を開けているのが見えた。手伝おうと足を速めると、誰かにうしろから肩を叩かれた。

「え、ええっ?」

驚きすぎて素っ頓狂な声が出た。幸い周囲も騒がしくて誰も気に留めなかったが、肩を叩いた相手は目を丸くしていた。

「む、向居さん？」

「すみません、驚かせて」

向居のほうも千裕の反応にびっくりしていた。恥ずかしくて頬が熱くなる。

「さっき言ってなかったですね。もう近くまで来てたんですよ」

「あ、そう、そうだったんですか」

突然すぎて心の準備ができていなかった。向居はいつものすっきりしたスーツ姿で、車で来たのか手にはなにも持っていなかった。

「ブースの設営計画は、秦さんが？」

「いえ、今回は僕がしました」

ＮＩＴＴＡのブースの前まで来て、向居に訊かれて少し緊張した。展示会にもすっかり慣れて、最近は千裕が全部仕切っている。今回はＥＣサイトに誘導するための計画をいろいろ立てていた。

「あ、向居さん」

「わざわざ来てくださったんですか」

秦と越智に「近くに用事があったので」とにこやかに挨拶をしながら、向居はさりげなくブースを点検している。もう部外者になっている以上、思うところがあっても口にしないだろうと思いながら、千裕は内心緊張した。

「どうですか?」

「いいですね」

気がついたことがあったら、と言いかけた千裕に、向居が短く答えた。

「すごくいい」

ブースを吟味するように眺めていた向居が、まっすぐ千裕のほうを向いた。

目が合った瞬間、とん、と胸を突かれた気がした。

「よく考えられてますね。勉強になります」

お世辞を言っているのではないとわかる。

ブースの出来だけを言っているのではないということもわかる。

認めてもらえた、と感じた瞬間、身体中が熱くなり、細かく震えだした。喉の奥から熱いものがこみあげてくる。

——向居に仕事を認めてもらえた。

「すみません、ちょっと」

どっと溢れてくるものに耐え切れず、千裕は誰にともなく頭を下げて踵を返した。

ごった返す会場の中をどんどん歩く。

嬉しくてたまらない。同時にさみしくてたまらない。

抱えきれないほどに育ってしまった恋情をどうしていいのかわからなかった。

仕事の接点がなくなって、顔を見ることもなくなれば、そのうち消えてしまうのだろうか。

せめて好きだと告白できたらいいのに、パートナーのいる向居にそれはできない。伊崎と面識があるから余計にできない。

人の少ないほう少ないほうに歩いていて、気づくと人気のないがらんとしたホールに出ていた。近くのドアが半開きになっていて、のぞくと中は調理台やシンクが等間隔に並んでいた。料理教室か調理イベントに使う部屋のようだ。

気持ちを落ち着かせようと中に入って、千裕は壁にもたれて深呼吸をした。我慢していたものが涙になって溢れそうになっている。千裕はうつむいてぎゅっと目を閉じた。感情が爆発しないように、何度も何度も深呼吸をしているうちに、やっと少しだけ落ち着いてきた。

突然消えた千裕にみんな驚いているだろう。体調を心配されているかもしれない。

行かないと、と壁から身を起こしてもう一度深呼吸をした。

外に出ながらスマホをブルゾンのポケットから出して見ると、思った通り秦から「大丈夫ですか？」というトークが入っていた。

〈すみません、すぐ戻ります〉

手早く返信して顔を上げると、廊下の端のほうから長身の男が歩いてくるのが見えた。

「向居さん」

もう帰ってしまうのかと慌てて声をかけると、千裕に気づいて小走りで近づいてきた。

「南さん、大丈夫ですか？　ご気分でも悪いんですか？」

心配して探しに来てくれたのだとわかり、千裕は焦った。

「す、すみません！　大丈夫です」

「目が赤いですよ」

向居が心配そうに顔をのぞきこんできた。

「いえ、なんでもないです。本当に大丈夫ですので」

「お疲れなんじゃないですか？」

「ええ、まあ…」

曖昧にごまかして、千裕は「もう大丈夫です」と笑って見せた。

「南さん、もうすぐ異動されるんだそうですね」

会場のほうに一緒に引き返しながら、向居が話しかけてきた。

「越智さんが残念がっておられました」

「まだ内示ですけど」

「それじゃもうお会いすることもないでしょうね」

向居が呟くように言った。

もうお会いすることもない……

思わず足を止めていた。一歩だけ先に進んでいた向居が肩越しに千裕のほうを向いた。

「どうしました？」

やはり気分が悪いのでは、というように向居が慌てた様子で千裕の腕を取った。

「大丈夫ですか？　顔色が」

「俺は」

向居の手に腕をつかまれ、息が止まりそうになった。胸がいっぱいになって、声を出した途端に弾けた。

「俺は、――向居さんのことが好きです」

千裕の腕をつかんでいた向居の手がびくっと跳ねた。驚きで息を呑んでいる。

「す、すみません、急に。返事、がほしいとかでは、な、ないので。伊崎さんに申し訳ないし、言うつもりなんかなかったんですけど、やっぱり、言っておかないと、ま、前に進めない気がして」

どっどっとこめかみが脈打つ。ほとんど勢いで告白しながら、七瀬(ななせ)の「振られたけど、元気が出た」と笑っていた顔が脳裏(のうり)に浮かんだ。

勇気を出して、振られて、めいっぱい落ち込んで、でもそうしたらちゃんと立ち直れる。先に進める。進みたい。

千裕の腕を離して呆然と突っ立っている向居に、千裕はしっかり向き直った。

「向居さんとまた仕事できてよかったです。もうお会いすることはないかもしれませんから、い、言っておきたくて」

声が震えてみっともない。でも体裁などどうでもよかった。

「俺は、向居さんのことが、好きに、なって、いました」

声が上ずったが、ちゃんと言えた。

向居は無言のまま千裕を凝視していた。返事に困っている。千裕は「すみません」と謝った。

「こんな、言い逃げみたいなことして迷惑だとは思いますけど、でも、聞いてくれて、ありがとうございました」

「待って」

行こうとしたところを、向居に肩をつかまれた。

「南さん！」

激しく引き留められ、驚いて振り返ると、向居が正面に回り込んできた。

「――確認ですけど、あなたは異性愛者でしょう」

真剣に尋ねられ、千裕は向居を見返した。

「今まで男とつき合ったことなんかないでしょう」

「異性愛者で、男とつき合ったことがなかったら、向居さんを好きになったらだめなんですか？」

向居が大きく目を見開いた。

「伊崎さんに悪いし、迷惑だろうから本当は言うつもりはなかったんです。でも」

「伊崎は——」

「長いつき合いなんでしょう？」

「学生時代からの腐れ縁（くされえん）です。でも伊崎はそういうんじゃなくて…」

向居がまだ信じられない、というように千裕に目をやったまま一度言葉を切った。

「秦さんから今回の仕事の話をもらったとき、断ることもできたのに、俺はどうしてももう一度あなたに会いたい気持ちが抑えられなくて、それで伊崎にストッパーを頼んだんです。彼氏がいるってことにすれば南さんも安心してくれるだろうし、俺も自分をセーブできると思って」

「——え？」

「伊崎はただの友達で、今は仕事のパートナーです。それだけです」

声が上ずっていて、視線がうろうろと落ち着かない。向居がこんなに混乱しているのを初めて見た。千裕も同じくらい動揺していた。

「う、うそ…」

「いや」

「嘘でしょう」

「だから嘘です。いや嘘じゃない」

え？　どっち？　とぐるぐるしている千裕に、向居ががしっと両肩をつかんだ。

「ちょっと待って」

向居が息を吸い込んだ。少しかがんで、まっすぐ千裕の目を見た。

「嘘なのは、伊崎とつき合ってるって言ったことです。嘘じゃないのは、俺が、あなたのことを忘れられなかったってことです」

驚きすぎて、頭が動かない。

「なんでだろう。一緒に働いてたときより、会社を辞めてからのほうがあなたのことを考えてて、どうしても引っ掛かって、だからもう一度会いたかった。会ってしまったら、やっぱりあなたのことがずっと頭から離れなくて、……悩んでいました」

ぽかんとして、千裕はただ向居の顔を見つめることしかできなかった。

「俺もあなたに迷惑だろうと思ってたんです。でも諦めきれなくて、どうにかして…その、友達でもいいからまた会えないかと考えてて、伊崎に説教くらったりしてたんです」

「――嘘…」

馬鹿みたいにそれしか出てこない。

「嘘じゃない」

「嘘、じゃない…」

これは本当のことなのか、と千裕はひたすら向居を見つめた。向居もまだどこか呆然として千裕を見つめている。じわじわと胸がいっぱいになって、ぐっと喉が詰まった。

「嬉しい」

他に言うことを思いつかなかった。

向居が目を見開き、それから力が抜けたように笑った。

「俺もです」

二人でぼうっと見つめ合っていると、千裕のブルゾンのポケットで着信音がした。はっとした。

「秦さんだ」

やっと我に返って、千裕は「もしもし?」と電話に出ながら向居と一緒に会場のほうに歩き出した。足元がふわふわしていて、現実感がない。でも現実だ。

「今日、会えますか」

隣の向居に訊かれて、千裕は力いっぱいうなずいた。

10

向居(むかい)は「終わるころにまた来ます」と言い残し、ものすごく名残惜(なごりお)しそうに帰って行った。

名残惜しいのは千裕(ちひろ)も同じだったが、これ以上ぼうっとしてたら絶対になんかやらかす、と思ったから全力で向居のことは忘れて展示会に集中した。が、ちょっと人が途切れるとすぐ時計を見てしまう。

早く会いたい。会って話したい。

こんなに誰かに心を奪われたのは生まれて初めてで、自分のことなのにびっくりした。

約束通り、向居は展示会の終了時間少し前にやってきた。

会場の入り口に姿を見せた向居に気づいたとたん、千裕は胸がいっぱいになって、片づけを始めていたのに棒立ちになってしまった。向居のほうも目が合って一瞬立ち止まり、それから猛然とした早足で近づいてきた。

終了間際の弛緩した雰囲気の会場で、向居の走り出しそうな勢いにすれ違った人が驚いて振り返っている。千裕はつい小さく噴き出した。噴き出しながら胸が高鳴ってしかたなかった。

今、この瞬間、俺たちは同じ気持ちでいる。

まだ信じられない。でも本当だ。

「お疲れ様でした」

軽く息を弾ませて、向居が「手伝います」と片づけに加わった。いきなり現れた向居に、秦と越智がびっくりしている。

「それで、このあと南さんをお借りしていいでしょうか」

向居に訊かれて、秦も越智も目を丸くしたが、すぐに「はいはい」「それはもう」と快諾した。

秦はもちろん、越智も以前あったトラブルの経緯を聞いている。二人だけでリベンジ成功の喜びを分かち合いたいのだろう、と解釈してくれたようだ。

解散になって二人で並んで歩き出し、目を見かわした。とにかく話がしたい。

会場を出て、一番最初に目についた安直な居酒屋に飛び込んだ。時間が早かったので店は空いていて、ボックス席の六人掛けに案内された。

「えっと」

「あの」

通路側には店の意匠の入ったのれんがかけられている。ほぼ個室で向かい合い、目が合って同時に盛大に照れた。

もっとちゃんと気持ちを確かめ合いたかったが、目を見つめ合うだけで言葉はいらなかった。

「とりあえず、なにか頼みましょう」

メニュー用のタブレット端末で向居がさっさと千裕のぶんまでオーダーをしてくれて、そうしているうちに変な緊張も解けてきた。

「南さん」

向居が改まって姿勢を正し、千裕もつられて座り直した。

「俺と、つき合ってくれますか」

「つき合います！」

前置きもなにもなくストレートに乞われて、千裕も即答でうなずいた。

以前だったら、もしかしたらもったいぶった態度をとったかもしれない。でも今はそんなつまらないことをする気にはなれなかった。

「すごく、すごくすごく嬉しい」

溢れてくる気持ちをそのまま口にすると、向居が目を瞠った。

「南さん……」

珍しく言葉を探すように言いよどみ、それからはあっと大きく息をついた。

「それは俺のほうですよ。昨日まで、どうやったらまたあなたに会えるかって伊崎に知られたらどやされるようなことばっかり考えてて、諦めるのにはどうしたらいいのか悩んでいたのに」

向居の声や視線が甘ったるくて、千裕は思わずテーブルに肘をつき、両手で顔を覆った。

「なんかもう」

照れくさい。でも嬉しい。

「南さんのこと、大事にします」

向居が誓うように言った。千裕は両手から顔をあげた。絶対真っ赤になっている。

「めちゃめちゃ嬉しい」

向居が声を出して笑った。

「俺もですよ」

こんなことって本当にあるんだ、と何度も奇跡を噛みしめる。

店員がワゴンを押して飲み物や料理を運んできた。

「今日は仕事の話はなしにしましょう」

向居が小声で言った。

「他に話したいことがいっぱいある」

お互いほとんど相手のことを知らない。訊きたいこと、話したいことはいくらでもあった。

その夜は向居と朝まで話し込んだ。

何をあんなに話したんだろうとあとから考えたがよく覚えていない。

とにかく気持ちが通じ合ったことにお互い驚きがおさまらず、さよならを言う気になれなかった。

居酒屋から深夜カフェに移動し、そのあとレンタルスペースで仮眠をとって、また朝カフェで朝食を食べ、その間ずっと話をしていた。

別れ際、人目につかない駅の端っこで向居が思い切ったように「キスしてもいいですか」と訊いてきて、千裕から唇にキスをした。

猛烈に恥ずかしく、でも幸せで、展示会の二日目はほとんど徹夜だったのにずっと元気で、ちょっと気を抜くと勝手に顔がにやけてしょうがなかった。

お互い仕事があるので週末までは電話だけで我慢して、金曜の夜に待ち合わせをした。その日も会うなりずっと話をして、どうしても別れがたくて、向居が「うちに来ませんか」と言うのについていった。

こんなに誰かと一緒にいたいと思うのは初めてで、千裕は熱に浮かされたようになっている自分にびっくりしていた。

「どうぞ」

向居の住まいは駅から少しある静かなマンションだった。

「広い」

以前、狭い部屋で一人暮らししていると話したら向居は「俺もですよ」と言っていた。

「そうかな？　でもここと、あと寝室しかないですよ」

「俺のとこワンルームですよ。狭いって感覚が違う」

外観からしてグレードの高いマンションで「やっぱりな」と思っていたが、内装もいちいち凝っている。

「座っててください。もう少し飲むでしょう？」

艶のある不思議な肌触りのソファは座面が広く、L字になっていた。テレビの代わりにプロジェクターがあって、壁にスピーカーが埋め込まれている。その壁もモザイク模様だ。

「散らかってて、すみません。いつもはもうちょっと片づけてるんですけど」

「いや、散らかってるほうがいいですよ。落ち着きますもん」

確かに生活感は溢れている。ソファの背には脱ぎっぱなしの服が層を作っているし、テーブルにも雑多なものが積みあがっている。

まったく来客を予定していなかったというのが見てとれて、千裕は逆に安心した。彼の本当のプライベートに入れてもらえたのも嬉しいし、千裕同様、どうしても離れがたくて連れてきたというのがわかる。

「つまみがなにもなくて」

「あ、運びます」

スナック菓子と缶ビールというのもまったく気取っていなくていい。

「へへ」

楽しくて笑ったら、向居もつられたように笑った。

「なにか見ますか？」

プロジェクターのスイッチを入れて、向居がリモコンを手に取った。ただ一緒にいるだけでわくわくする。向居も同じだと空気でわかるのも嬉しい。

「いつもは何見てるんですか？」

「この時間はニュース見てますね」

「俺もスポーツニュース見てる」

大画面で見るいつもの番組が新鮮だ。初めて来たのに、ソファに並んでくつろぐと、すっかり馴染んでしまった。

「――」

どちらからともなくごく自然にキスを交わした。唇を離して、至近距離で見つめ合ってまた口づける。触れるだけのキスなのに、ありえないくらい心臓が高鳴った。

恋愛すごい。

今更こんなキスくらいで、と思ってもどきどきするのを止められない。

「あの」

そして、どきどきするのが心地いい。

「真也(しんや)って呼んでもいい？」

照れくさそうに瞬(まばた)きをして、向居が返事の代わりに「千裕」と呼んだ。

「うわー…」

思わず頬を擦(こす)ると、向居がくすっと笑った。

「その癖、可愛いな」

「癖？」

「赤くなるとほっぺた擦るでしょう」

「えっ、そう？」

まったく気づいていなかったが、驚きながら無意識に手のひらで頬を擦っていて、ほんとだ、とびっくりした。

「でも向居さ…真也も、瞬きするよね。癖で」

「俺？」

「こんなふうに」

真似して見せると、自覚がなかったらしくびっくりしている。

「あ、ほんとだ」

千裕が笑うと反射的に瞬きをして、やっと気づいて向居も笑った。親密な空気に、そうしていいような気がして向居にもたれた。

「あの」

「ん？」

「俺はあなたを大事にするから」

「うん」

真面目な言葉が胸にくる。向居がそっと顔を寄せてきて、またキスをした。頬も耳も熱い。

こういうことは久しぶりとはいえ、学生時代までは千裕はほとんど途切れず彼女がいた。経験豊富、とまではいかないにしてもキスくらいで顔を火照(ほて)らせるなんてありえない。そもそも初めてキスしたときでもここまで揺さぶられなかった。

こういうのが恋愛なのか、と千裕は自律神経の反乱に完全に肝をつぶした。

どっどっと強く打つ心臓や熱を持ったように熱い耳や頬に、身体のほうからわからされた。

本気で好きになっている。

恋愛はやばい。高揚感がすごい。

口づけを交代でして、何度目かに千裕のほうから舌を出した。向居の口の中に潜り込ませると、向居の手が千裕の髪を探るように撫でた。耳のうしろに指がかかり、頭を固定された。

「――」

千裕の舌を好きなように遊ばせていた向居の舌がゆっくり動く。巻き取るようにされてぞくっとした。

「ん――う……ぅ」

向居はキスが上手い――リードされることに慣れていないから、よけいにそう感じる。強く吸われ、甘噛みされて全身が熱くなった。痛みを感じるぎりぎりのところに快感があるのも向居に教えられた。

「…千裕」

低い声に情熱がこもっている。

「可愛い」

かすれた声に興奮が混じっていて、それに煽られた。

「千裕」

ぼうっとしている千裕の頬に向居の指が触れた。押し倒されたのでもないのに、千裕は自然に仰向けに倒れた。向居が組み敷くようにのしかかってくる。今まで自分がしていたことを、されている。倒錯的な悦びを感じて呼吸が浅くなった。

「――いい？」

スーツの上は脱いでいて、ネクタイも自分で緩めていた。結び目に指をかけられながらそんなことを訊かれて、許可を出す側になっていることに戸惑った。

「あ、違う」

向居が引きそうな気配に、千裕は慌てて向居の手を取った。

「そうじゃなくて、――リードされるのに慣れてないから。その、嫌じゃない」

向居が本当だろうか、というようにじっと見つめている。千裕は手を伸ばして自分でネクタイを外した。しゅっと布の擦れる音がして、向居も自分のタイを外した。千裕が握っているタイと一緒にまとめてソファの背にかけると、ネクタイが絡まり合うように引っ掛かり、千裕は「男としてるんだ」と突然強く意識した。

「あの」

喉がからからになって、声が掠れた。

「俺は、慣れてないから――っていうか、初めてだから。任せて、いい？」

向居がわずかに目を見開き、それから真剣にうなずいた。

「嫌なときはストップって言って。頑張って止めるから」

頑張って止める、という言い方がおかしくて笑ったら、向居もほのかに笑った。

手をとられ、指先に口づけられる。

シャツもアンダーカットソーも脱がされ、鎖骨の少し下を指で触れられた。

「ほくろがある。ここ」

「あ」

熱のこもった視線がたまらない。

唇にキスを落とすと、そのまま首筋、鎖骨、と舌が味わうように滑っていく。濃厚なキスはもう何度かしていたけれど、性行為と呼べることは初めてで、やわやわと乳首を弄られ、もう片方を舐められて激しく興奮した。

「あ、あ」

なにもかも手慣れていて、ぜんぶ任せて大丈夫だという安心感に包まれ、変な緊張がなくなった。

「千裕、きれいだ」

「そんな、こと、は、初めて…言われた」

手触りを楽しむように手のひらが肌の上を滑る。くすぐったさと性感が紙一重で、千裕は呼吸が速くなった。

「明かり…」

「うん？」

「もうちょっと、暗くして」

あまりに明るくて恥ずかしいが、それを言うのも恥ずかしかった。向居は残念そうにリモコンで明るさを下げた。

「もうちょっと」

「このくらい？」

「変わんないじゃん」

見たい気持ちは男としてよくわかるが、見られる立場になると本当は全部消してしまいたいくらいだった。

「お願い」

結局千裕には弱くて、向居は常夜灯のようなオレンジの明かりにまで落とした。

「ごめん」

お詫びに向居の首に両手を回し、首を上げてキスをした。すぐに口の中に舌が入ってくる。

情熱的な口づけと、男に組み敷かれているという倒錯的なシチュエーションに興奮が募った。

「――」

服の中で痛いほど勃起している。向居の手がベルトを外し、前を寛(くつろ)げた。腰を上げろと合図してきた。一瞬ためらったが、千裕は脱がされるのに協力した。下着ごとスラックスを脱がされ、全裸になった。

明かりを絞(しぼ)ってもらっていたが、プロジェクターがテレビ画面を映していて、千裕にすればずいぶん明るい。

「真也も脱いでよ」

「俺はいい」

「なんで。ずるい」

シャツの裾(すそ)を引っ張ったら、仕方なさそうに上だけ脱いだ。手を伸ばしてベルトに触ろうとしたら急いで腰を引いた。

「千裕はなにもしなくていい」

「どうして？」

向居が困ったように千裕の手を離させた。

「暴走しそうだから」

「暴走？」

「千裕に無茶なことしたくない」

「あ、――い、いれるんだ…？」

軽く情報収集してみたが、挿入行為をしない場合も多いらしい、というのがわかって、あまり深く考えないことにしていた。

でもやっぱりそういう役割で、やっぱりするんだ、と今さら動揺した。

「今日はしない」

向居が千裕の前髪に触れながら言った。

「今日は…？」

「そのうちしたい」

はっきり言われて、うろたえた。

「嫌？」

「──嫌、っていうか……」

想像すると反射的に無理、と思うが、嫌悪のようなものはないし、伊崎とつき合っているのだと思っていたころ、夢で向居に抱かれている伊崎に自分を置き換えてしまったこともある。無意識に望んでいるのかもしれない。わからない。

「千裕の嫌なことはしないよ」

「うん」

それは信じられる。

全部まかせてしまえる気楽さで、千裕は両手を差し出した。向居が覆いかぶさってくる。上だけ脱いだ向居の肌が密着して、気持ちがいい。

キスからやり直して、今度は身体中を探索された。

わかりやすいところからそうでもないところまで口づけられ、試される。最初は気恥ずかしかったし、変な気分になったが、向居の行為が情熱的になっていくにつれ、わけがわからなくなっていった。

「あ、あ……っ」

口淫が巧みで、我慢する暇もなく射精させられた。気持ちいい、と思うそばから会陰を舐められ、さらに奥を攻撃される。そんなところまで、と驚いているうちにまた昂っていく。

「千裕」

「う、あ……っ、な、に…」

腿の裏に小さなほくろが二つある、と知らなかったことを教えられた。プロジェクターがいつの間にか切り替わって、白い画面のままになっているのがずいぶん明るい。

「あ、ああ――ん……」

腿の裏のほくろを見つけられるような体勢を取らされていることに、一瞬理性が戻りそうになった。

「あ、……っ」

舌でこじあけられる。信じられない。衝撃的に気持ちがいい。勝手に声が出て、背中が反り返った。

「あ、ああ、…や、あ…」

びくっと足が宙を蹴(け)った。軽々と封じられ、向居がゆっくりずりあがってきた。

「痛い？」

「ん——あ……」

向居の口元が濡れていて、それがものすごくいやらしく見える。見惚(みと)れていて、指を入れられているのにあまり注意が向かなかった。

「だめな人は本当にだめなんだけど、千裕はいけそう」

指が中を擦(こす)っている。

「——なんか……」

すっかりされるままになって、千裕は目を閉じた。

「なんか、へん、な、感じ…」

快感のようなものが確かにある。ぎゅっと目を閉じると、さらに中がじんじんしてきた。呼吸が湿って、変な声が洩れてしまう。

「——可愛い」

向居がかがみこんでキスをしてきた。

可愛い、と言われるのに違和感があったのに、いつのまにか当たり前に受け止めている。千裕は自然に向居の首に腕を巻きつけた。汗ばんだ肌と呼吸が一つになって、たまらなく気持ちがいい。

「――する?」

無理だと思っていたのに、逡巡も理性と一緒に緩んでしまった。

「しない」

「いいの?」

半分覚悟していたから、しない、と即答されてびっくりした。

「今日はしない。約束しただろ?」

でもここまでしといて、と千裕はそろっと向居の股間に手を伸ばした。布越しにもがちがちになっていて、これを我慢する辛さは同じ男だからわかる。

「俺、しても…いいけど」

「今日はしない」

向居が頑固に言い張った。

「――」

重量感のあるものを握っているだけで興奮してくる自分に戸惑い、千裕はごくりと唾をのみこんだ。

「手で、いい?」

向居が遠慮がちに囁いた。

「うん」

前を開いて、どきどきしながら直に握った。熱くてじっとりと湿っていて、千裕は無意識に息を止めていた。向居の指も千裕を探ってくる。キスしながら手を交差させて互いのものを刺激し合う。

「あ、――ん、ぅ……っ」

キスして、愛情をこめて快感を与えあうのは気持ちまで満たされた。だんだん大胆になって、ゆっくり上下させ、くびれを指でなぞって向居の好きなリズムを探る。

「千裕」

「ん」

痛みをこらえるように眉を寄せている向居の表情に、身体の芯が震えた。――彼に欲しがられている。

「真也」

肘をついて半身を起こし、千裕は向居の耳元に唇を寄せた。

「しよう。…したい」

口にしてから欲望が湧き上がってきた。本心だとわかると、向居が驚いたように顔を上げた。

「好きだから、したい」

ぽろっと出た言葉に、向居がはっと息を止めた。

好きだからしたい。――これ以上ないシンプルな願いだ。

「本当に、いいのか」

食いつくような勢いに一瞬ひるんだが、千裕はうなずいた。

「千裕」

もう一度仰向けになると、向居がゆっくりと足を開かせた。さっき出した精液が腹と足のつけ根に垂れていて、向居の指がぬるりと中に入った。

「――っ」

「息をして。ゆっくり…だいじょうぶ?」

違和感はあるが、痛くはない。

「大丈夫」

向居は慎重に指を沈めてきた。

「むか…、真也、っ、ああ……」

中指が根本まで差し込まれ、中で指がL字に曲がった。

「あ、あ、――あ」

むず痒いようなへんな感覚が湧き上がり、細い声が洩れた。

「あう……っ、は、あ……っ」

自分の身体なのに、自分では何がどうなっているのか、まるでわからない。

「ここが、千裕のいいとこだ」

「あっ」

向居に囁かれて、初めて経験する快感に、千裕は頬が熱くなった。

「あ、あ、あ」

勝手に足が開いて腰が浮いてしまう。たまらなく気持ちがいい。ぬるぬると指の腹で中の「いいところ」を撫でられると泣きそうになった。

「はあっ、はっ、……」

夢中になっていると、千裕、と向居の興奮した声が耳を打った。指を抜かれ、反射的に腰が揺れた。

「もういいか？」

切羽詰まった声とともに、向居が大きな塊をあてがった。怖い。でもして欲しい。

「ん――」

もうこれ以上は待てない、というように向居がぐっと中に入ってきた。大きい。千裕の足を持ち上げて、向居がさらに腰を沈めた。

「は――」

一気に突き上げられそうでぎゅっと手を握ったが、向居は渾身の我慢でゆっくりゆっくり中に入ってきた。

「はあ……っ、は…っ」

圧迫感に呼吸もままならない。千裕はひたすら向居の肩にすがって耐えた。

「アぅ…っ」

奥まで届いて、千裕はなんとか目をあけた。ほろっと涙が落ち、圧し掛かってくる男が指先で拭ってくれた。

「ごめんな」

向居がそのまま唇に触れた。

「千裕」

声に愛情が溢れていて、千裕はなんとか唇の端を持ち上げた。覚悟していたほどの苦痛はないが、違和感がすごい。

「痛くないか…?」

「だい、じょうぶ…」

声を出すと、身体が緩むのが分かった。同時に異物感が和らぎ、楽になった。

向居が試すように身体を揺すった。

「――…真也……っ、は、あ……」

小刻みに動かされて、さっき指でぬるぬると擦られたときの快感を身体が思い出した。

「う、ぅ…っ」

いっぱいに広げられ、穿(うが)たれる。

向居が深く入ってきて、千裕は声を上げた。快感が内側から溢れてくる。

「千裕……っ」

「……ああ…っ、あ、あ」

向居が千裕の右手を取った。手の甲に口づけられる。同時に動きが速く、重くなった。

「千裕、千裕」

「し、…ん、真也、…」

力強い腰の動きで揺さぶられる。

深く、浅く、ストロークを繰り返され、千裕はついていくので精一杯だった。

「千裕」

好きだ、という声が耳を打った。

高みに連れていかれる。

「あ、あ、あ…っ」

中にどっと熱いものが溢れ、その感触に千裕も達した。気持ちがいい。

「はあ……っ」

一瞬の空白のあと、向居が感極まったように抱きしめてきた。

はあはあ息を切らしながら、千裕も向居の背中を抱きしめた。

「千裕、千裕——」

好きだ、と囁かれ、千裕はこの上もなく満たされた。

11

「本当に？」

綺麗に整えた眉を上げて、伊崎が疑い深そうに首をかしげた。

「はい」

「本当の本当？　真也に頼まれてお芝居してるんじゃなくて？」

「なんで千裕がそんなことしなくちゃならないんだ」

隣で向居が呆れたように腕組みをした。

「しないですよ、そんなこと」

向居の自然な「千裕」呼びに、伊崎が目を瞠った。

「そっかあ。いやーびっくりした。でもよかったねえ」

やっと納得した様子で、伊崎は千裕に向かってにっこりした。

「真也のこと、よろしく」

休日ごとに向居のマンションに泊まるようになって、ひと月が経っていた。千裕は恋人の想像以上の甘やかし気質に驚いていた。

「俺、基本すぐ調子にのるから、あんまりいい気にさせないほうがいいよ」

ついそんな申告をしてしまうくらい、向居は至れり尽くせりで大切にしてくれる。

「真也って自分のことSっけのあるゲイだって言ってなかった？」

「それはベッドの中の話。千裕みたいなちょっとわがままな子を泣かせるのが好きなの、知ってるだろ」

しれっとそんなことを言われて、千裕のほうが赤面した。

すっかりセックスに慣れて、知らなかった自分の一面を開発されつつある。ときどき複雑な気分になるが、すぐ「まあいいか」と流してしまう。そのくらい、交際はこの上なく順調だった。

寝室のクロゼットには千裕の部屋着も置いていて、昨日も会社帰りに待ち合わせをして一緒にここに帰って来た。

そのとき「明日、伊崎が書類取りにくるって言ってるけど、いいかな」と訊かれた。

「そんな急いで取りにくるようなものじゃないのに、千裕とつき合えることになったって話したら、びっくりしてなかなか信じないんだよ、あいつ」

用事ついでに千裕と会いたい、ということのようだったので、呼ばれて千裕も玄関まで出て行った。

「ごめんね、朝から」

さっさと帰れ、とばかりに書類を差し出した向居に、伊崎が苦笑した。

「でも本当によかったよ。可能性ないのに諦めきれない、どうしたら忘れられるんだってあんなに泣きごという真也初めてで、ノンケに本気になるなんて可哀そうにって俺も胸痛めてたんだよね。南(みなみ)さん、なんか不満があったら俺に相談してね？　それで、末永く真也のことよろしく」

伊崎のからかい半分の発言に、向居が憮然としている。

「じゃあねー」

千裕に手を振って、伊崎が帰って行った。

「ごめんな、うるさくて」

玄関の鍵をかけ、向居が振り返った。

「ううん」

冷やかすような言動だったが、伊崎が本当は心配して様子を見にきたのだというのが、千裕にはわかってしまった。

伊崎のほっとした嬉しそうな顔を思い出して、いい友達なんだな、と千裕も自然に笑顔になった。

向居の手を探して繋ぐと、大喜びでぎゅっと握り返してくる。

「ねえ、コーヒー飲みたいな」

わがままを喜ぶ恋人のために、ちょっとしたお願いを口にする自分も、かなり彼氏に夢中になっていると思う。

「千裕」

キスするために軽くかがんでくる向居に、千裕も軽く背伸びをした。

勝てない相手

katenai aite

1

ピアノブラックのなめらかなボディに、ぽっと抽出のサインが浮き出た。軽い電動音がして、芳醇な香りとともにカップにコーヒーが注がれる。

「いいだろ？　これ。やっぱオフィス用はカプセル式が便利なんだけど、カプセル式で見た目がかっこいいコーヒーメーカーってあんまりないんだよねえ」

伊崎が自慢気にマシンを撫でた。クラシカルなロゴとシンプルなフォルムの組み合わせは、確かに伊崎の好みだ。

「ポーションもそう悪くない」

「ふーん」

抽出が終わり、差し出されたカップを受け取って向居は窓際のローキャビネットによりかかった。出先から帰って来たばかりで、スーツの上着が窮屈だ。伊崎のほうもクライアントが帰ったところのようで、テーブルには空になったカップが三客残されていた。

「で、どうだった？」

「うちで決まりだ」

五月も終わりで、ブラインドから差し込む日射しも初夏のものになっている。ホットコーヒーより水が飲みたいところだったが、酸味の利いたブラックは案外いけた。

「おお、さすが」

「契約は改めて法務部同席でとか言い出したから、ついでに契約業務刷新案も出したくなった」

「はは」

「あとは本間に引き継いで、夏は俺、ちょっと長めに休みとるからな」

不満をにじませて宣言すると、伊崎が首をすくめた。

「はいはい、ゴールデンウィーク働かせちゃってごめんねぇ」

「おかげで千裕とぜんぜん会えなかった」

ほかに誰もいないのをいいことに、向居は遠慮なく恋人の名前を出して愚痴った。千裕、と名前を口にするだけで喜びが胸に溢れる。

つき合い始めてひと月めの恋人はメーカー勤務で、休みは全社一斉、カレンダーに準拠する。対して向居の業界はイベント時期が繁忙期だ。その上今回は別案件も重なって、つき合い始めたばかりなのに思うように会えなかった。

「まあまあ、『仕事とおれとどっちが大事なの？』って詰められるようなお年頃でもないでしょ？」

「俺が会いたいんだよ」

からかうような物言いを本音で遮ると、伊崎が「あー、なるほどね」と気の抜けた声を出した。

「それはそれは」

「絶対無理だって諦めてた超好みのどタイプ奇跡的にものにして、浮足立つのは当たりまえだろ?」

少々露悪的な物言いでたたみかけると伊崎が苦笑した。向居は上着を脱いで、そばのチェアの背にかけた。

本当に、千裕とつき合えるようになるとは夢にも思っていなかった。

千裕とは同僚として知り合って、最初は底の浅いプライドや要領よく成果をあげようとする姑息さを含めて「いいじゃん」と心の中で愛玩していた。自分では計算高く振る舞っているつもりなのだろうが、向居にはぜんぶ見通してしまえる可愛さで、舐めた態度も、甘えた言動も、妄想の中で泣かせるのにちょうどよかった。

自分でも因果だと思うが、向居は自分には見向きもしないストレートの美形がタイプだ。そんな男を口説き落としてものにするのは、狩りと同じ面白さと快感がある。

千裕に対しても、最初は間違いなくいつもの感覚だった。

好かれていると気づいて驚き、本当に? とちょいちょい試すような言動をするのが可愛くて、いい気になってわがままに振る舞うのも子猫がじゃれてくるようでたまらなかった。恋人にして思う存分甘やかしてみたい、抱かれる側になったことに戸惑いながら快感に溺れるところを見てみたい——そんな邪な目で観賞しているうちに、取引先への気遣いが細やかだったり、女性社員への態度が公平だったり、小さく「へえ」と見直すことが重なった。自分への好意にいい気になりながら、ちゃんとここまで、という線引きをしてバランスをとることもできる。いいな、と純粋に思うようになって、気づくと深みに嵌っていた。彼に気を取られるあまり仕事上で考えられないようなミスをしてしまい、とことん自己嫌悪に陥った。

異性愛者に本気になっても虚しいだけだ。

ゲーム感覚で落としてみても、相手はすぐに我に返って逃げていく。

過去の経験でそんなことはわかっていたから、退職するのを機に忘れようとしていたのに、去り際に可愛さ余ってひどい仕打ちをしてしまい、逆に二度と彼を忘れられなくさせられた。

——俺は向居に謝る。

なんの挫折もなく生きてきた彼がごく自然に身につけていた傲慢さを糾弾したつもりが、逆にその健やかさに打ちのめされた。

どんなに憧れても自分には手が届かないのに、忘れることもできない。

自業自得だ、と自嘲していたときにまた仕事で一緒になった。

打診されたときに断ろうと思えば断れたのにそうしなかったのは、彼にもう一度会えるという誘惑に抗えなかったからだ。どうせ手に入れることなどできない相手にこんなに未練があったのか、と自分で驚いた。

驚いたことはもうひとつあって、再会した彼はマーケ担当としてうちに欲しいな、とチェックしたくなるほどの人材になっていた。

もともとのポテンシャルが高いことは知っていたが、仕事への取り組みかたがまったく違う。なにか職業観の変わるきっかけでもあったのか、と気になってしかたがなくて、いつの間にかまた彼のことばかり考えるようになっていた。

仕事上の関係が終わってしまえばもう会えない、どうにかして彼との繋がりを保てないかと模索してしまい、伊崎に「いい加減にしろよ」とたしなめられた。

「おまえの下心は向こうにはバレバレだろ。ゲイに粘着(ねんちゃく)されたらいい迷惑だ」

その通りだ。

彼に嫌な思いをさせたくない。

今度こそ忘れよう、心の整理をつけよう、と努力していた矢先に信じられないことが起こった。

俺は向居さんが好きです——彼に告白されたときは、真剣に「ああ、これは夢だな」とがっかりした。

まさかそんなことが起こるわけがない。

都合がよすぎるにもほどがある。

自分が必死に頼み込んでなんとかつき合ってもらえる、という展開は夢想した。それすらあり得ないことだし、彼に負担をかけたくないからなんとか諦めようと四苦八苦していたのだ。

「奇跡なんだよな、本当に」

向居はしみじみと喜びをかみしめた。

「千裕から連絡来るたびに、これ夢じゃないよなって確認したくなる」

「まあ、南さんってマジでおまえの好みど真ん中だもんなあ」

学生時代からの付き合いなので、伊崎は向居の好みを熟知している。

「つんとした美形で、笑うと可愛い」

「そうなんだよ、本当にそう」

顔を思い浮かべると、自動的に煽情的な姿が脳内を占拠する。いきなり煩悩に支配されて額に手をやった向居に、伊崎が声を出して笑った。

異性愛者の男を組み敷いて、抱かれる側になったんだと思い知らせるのが向居の好きなシチュエーションだった。知らなかった快感に打ちのめされて泣いているのを眺めると、ぞくぞくするほど興奮する。

それなのに千裕に対してはそんな余裕はまったくなかった。

むしろ嫌じゃないかと不安でたまらず、挿入行為などできなくてもいいとすら思った。が、千裕は最初からあまり抵抗もなく受け入れて、あっという間に行為に馴染んでしまった。嫌じゃなかった？　と後から訊いたら、なんで？　と不思議そうに訊き返された。

好きな人とするのが嫌なわけないじゃん、と気恥ずかしげに言われて、向居はさらに負けがこんだのを感じた。もう絶対に千裕には勝てない。

自分がなにげなく口にした「好きな人」という一言を向居が飽きずに何度も何度も反芻しては喜びを噛み締めているとは、千裕は夢にも思っていないだろう。

「そういや、この前木村さんに向居は最近どうしてんのって訊かれたよ」

伊崎がふと思い出したように言った。

木村というのは学生時代から行きつけにしているゲイバーのマスターだ。こぢんまりとした店だが、客筋がいいのでいつ行っても安心して飲める。学生の頃は派手なイベントや出会いを期待していろんな店を渡り歩いたが、顔が売れていい気になるような年齢も過ぎ、ここ数年は木村の店でいつもの顔ぶれで飲むのが一番落ち着くようになった。

「おまえ南さんに夢中でぜんぜん顔出さないもんだから、みんな興味津々だよ。彼氏連れてこいよって伝言頼まれたけど、南さんをゲイバーに連れてくとかありえないよね」

「ねえよ」

千裕は異性愛者だ。

今は二人きりの世界で、恋愛初期特有の熱に浮かされた状態だからなにも見えていないのだろうが、ゲイコミュニティ独特の空気に触れて違和感を抱く可能性は高い。そんな危険を冒すつもりなどなかった。

「せっかく網にかけたきれいな蝶々、びっくりさせて逃がしたくないよね」

「そういうこと」

伊崎もバイセクシャルやストレートの男とつき合うことが多いのでそのへんは承知していた。

「第一いつまで続くかもわかんねえのに、紹介もないだろ」

ストレートの男はいずれ女性を選ぶ。世の理だ。

あえて考えないようにしている事実を口にすると、伊崎が首をすくめた。

「まあね、しょうがないよね」

「せめてちょっとでも長く続くように努力するのみですよ」

冗談めかしたがそれが本音だ。そして千裕が少しでも別れたいそぶりを見せたときにはすぐに引き下がるつもりだった。引き留めて困らせたりは絶対にしない。短期間であろうが彼にとっていい思い出でありたい——と口にするのは恥ずかしいが、本気でそう思っている。

「なーんで俺たちって面倒な相手ばっか好きになっちゃうんだろうねえ」

伊崎がコーヒーを一口飲んで、物憂げに呟いた。

「心がけが悪いんだろうな」

「なんでよ」

俺がなにしたっていうんだ、と伊崎が口を尖らせている。カップを持った爪先は丁寧に磨かれ、ネイルをしているかのように光っている。長い睫毛、艶のある唇、いつ見ても美しい男だ。

仕事はできるし性格も悪くない。もったいねえよな、と内心で思った。

伊崎の腐れ縁の恋人は、既婚者だ。

「もしかして前世でなんか悪いことでもしたのかな」

「かもな」

なぜか異性愛者に惹かれてしまうどうしようもなさに、今度は二人で同時にほろ苦く笑った。

異性愛者に本気になってしまったのが運の尽きだ。

2

今朝千裕のためにおろしたばかりのシーツが汗で湿っている。スプリングの揺れが収まり、互いの荒い呼吸だけが聞こえて、向居はぐったりと弛緩している千裕の上に重なった。まだ彼の中に深く押し入ったままだ。

千裕がうっすらと目を開いた。快感の余韻に瞳が潤んでいる。愛おしさが溢れてきて、向居は濡れた睫毛を指先でそっと拭った。

「ごめん、重い？」

まだ千裕から離れたくない。うまく体重を散らすことができず、重なったまま耳に唇をつけて訊いた。千裕が小さく首を振った。汗ばんだ額に髪が濡れて張り付いている。

「ちょっと重いけど、許す」

ふふ、と笑って千裕が背中をぽんぽん叩いてくれた。ちゅ、と軽く唇を合わせ、頬や額にもキスをする。千裕が顔を正面に向けた。目で促されて、今度は丁寧に口づけた。

「――真也……？」

「ごめん」

キスしているとまた始めたくなる。入ったままなので変化に気づいて、千裕が驚いて瞬きをした。セックスを覚えたての十代に戻ってしまったようで気恥ずかしいが、でも欲しい。

「もう一回したい。無理？」

正直に訴えると、千裕の耳が赤くなった。

「ちょっとだけ、待って」

「ん」

中がまだ小さく痙攣している。これが収まらないうちに続けると負担が大きいことは知っていた。そこはさすがに十代とは違って我慢がきく。

「真也、すごいね」

千裕がちょっと照れた口調で言いながら汗で濡れた髪に触れてきた。

「ずっと会えなかったから」

向居は千裕の手を取って、指先に口づけた。

毎日なにかしらやりとりはしているが、会うのは十日ぶりだ。社会人同士ならひと月くらい会えなくても普通だろうが、とにかく今は付き合い始めで、さらに相手はずっと片想いをしていた人だ。

舌先で濡れた唇を舐めると、千裕も舌を出して応えてくれた。さすがにキスは慣れていて、上手い。過去の女性経験に嫉妬するのは無意味だが、ついキスがしつこくなってしまう。

「いい？」

「うん」

指先や頬にキスをして、徐々にまた高まっていく。いったん千裕から離れて使用済のものを取り替え、改めて組み敷く。

「夏は千裕と休み合わせられるから、どこか旅行に行かない？」

二回目はお互い余裕がある。こうして話しながらゆったりと快感を共にするのも好きだ。

「ん、いいね。どこ行く？」

「山梨に、取引先に教えてもらったオーベルジュがあるんだ」

柔らかくとろけている中に、じっくりと入る。千裕の腰が軽く上がって、角度を合わせてくれた。ん、と声が洩れて、千裕の眉が切なそうに動く。品のある顔立ちなだけに、こういうときの反応がたまらない。

「海外から戻ってきてしばらく銀座の店でスーシェフつとめてた人が移住してやってるらしい

んだ」

また夢中になってしまいそうなのを、会話で気をそらせた。

「ああ、最近そういうの、よく…、聞くね」

ゆっくりと律動を始めると、千裕の呼吸もまた弾み始めた。

「東京の、一等地で名前売ったら、あとは、客のほうから、食べに行くからって。でも、高いんだろ？」

「ワイン次第だね」

「うわ、怖いな」

笑いながら千裕が手を探して絡めてきた。指と指で愛撫しあい、キスをする。

「――ん、……っ」

徐々に千裕の呼吸が速くなり、目の焦点が定まらなくなった。

「千裕」

中が細かく痙攣を始めた。

「あ…ッ、うぅ…」

勃起した性器を片手で探ると、ぎゅっと目をつぶった。切なげに寄せられた眉、半開きの濡れた唇、なにもかもがそそる。なにより熱く締め付けてくる感覚に夢中になった。

「千裕――、千裕」

まだ、妄想で抱いているんじゃないかと疑ってしまう。あまりに何度も頭の中で犯していたから――不安になって名前を呼んだ。

「千裕」

「――すき、…、真也」

千裕の唇が動いて、掠(かす)れた声が耳を打った。

想像の中では、千裕はこんなことは言わなかった。あり得なさすぎて冷めてしまうから――それなのに現実の千裕が、少し掠れた声で、本当に囁いてくれる。

「好きだよ」

信じられない。でも本当だ。

こみあげてくる喜びと快感が結びついて、向居は千裕の手を強く握った。

千裕が薄く目を開いた。長い睫毛(まつげ)に涙が溜まっている。

「俺も好きだ」

「ん」

微笑(ほほえ)んで、リズムに乗ってくる。だんだん相手の癖や好みがわかってきて、千裕がキスをねだるタイミングで身体のほうが先に反応した。

「いきそう?」

「うん――、もう、…っあ、…」

痙攣が起こって、千裕がまたぎゅっと目をつぶった。焦らす余裕もなくなって、向居は素直にその波に乗った。

千裕がシャワーを使っている音を聞きながら、冷蔵庫を開けた。明日は仕事なのでそろそろ送って行く時間だが、喉が渇いているだろう。炭酸入りのミネラルウォーターのボトルとグラスをトレイに並べ、絞って飲めるようにレモンをカットして添えた。千裕の好きなイタリア産の微炭酸水は常に切らさないように気を付けている。こんなふうに細々と気を配るのが楽しかった。

千裕と思いがけず恋人同士になれてひと月過ぎたが、お互い仕事があるので一日ゆっくり会ったのはまだこれが三回目だ。

今日はドライブがてら眺望のいいレストランに行って、夕方から夜にかけて食事を楽しんだ。仕事柄、いい店の情報には困らない。

山の上のロケーションは抜群で、夕暮れの空がグラデーションを描いて刻々と色を変えていくのを大パノラマで満喫できた。

デートのときは最大限人目を気にしなくて済むように気を配っていて、今日も個室を予約しておいた。千裕は「なんで?」とびっくりしていたが、この店の個室が空いてるなんてめったにないからつい、と言い訳をした。

料理はシノワーズのコースで、車だったので自分はティーペアリングを頼み、千裕にはせっかくだからとワインを勧めた。

俺だけ飲んじゃってごめん、と言いつつ千裕はのびのび美食を堪能していて、向居は千裕のそういうところもたまらなく好きだった。甘やかしがいのある恋人は最高だ。

「真也、このタオル使っていいの？」

バスルームから千裕の声がした。

「ああ、それ使って」

出しておいた大判のタオルは気に入っているショップのもので、さらに千裕には内緒でイニシャルを刺繍してもらっている。自分専用のものだとも知らず、千裕が「これ肌ざわりいいね」と髪を拭きながら出て来た。

「もうこんな時間かあ」

「送っていくよ」

「いつもありがと」

トレイの上のグラスに炭酸を注いでやると、千裕は送迎と飲み物の礼を一回で済ませ、レモンをちょっと絞って美味そうに飲んだ。千裕は愛され、大事にされることに慣れている。

「じゃあ着替えてくるね」

下着一枚だった千裕が寝室に消え、向居はふとカウンターの上に置きっぱなしにしていたプライベート用のスマホにメッセージが届いているのに気が付いた。どこかの店から呼び出しか？　と見ると、やはりゲイバーの常連仲間からだった。

「どうしたの？」

「伊崎がちょっと」

テキストでやりとりをしていると、帰り支度を済ませた千裕が寝室から出てきた。

「飲みすぎて潰れたみたいだ」

気を許せる店で飲むのは楽しいが、鬱屈が溜まっているときはよし悪しだ。つい甘えが出て迷惑をかけてしまうこともある。

「ああ、じゃあ俺は電車で帰るよ。迎えに行くんだろ？」

「いや、方向同じだから。千裕送って、帰りに伊崎を拾う」

運転は苦にならないし、千裕とは少しでも長く一緒にいたい。

それにしても、酒の強い伊崎が潰れているということは、なにかあってだいぶ荒れたということだ。

案の定、千裕を送り届けてから向かった店で、奥のボックスシートに寝かされていた伊崎はぼろぼろになっていた。

車に乗せるのも一苦労で、マンションについてもなかなか起きないので半ば引きずるようにして部屋まで連れて行った。

「しっかりしろよ馬鹿」

「んー？　んんん？」

「ほら、開けろ」

こういうときには指紋認証は楽だ。手を取ってエントランスとマンションの玄関ドアをタッチで開錠（かいじょう）し、なんとか寝室に運び込んだ。

「水飲むか？」

「うーん…きもちわるい…はきそう…」

「ちょっと待て！」

勝手知ったる他人の家で、ベッドに転がすと急いで水やタオルを用意した。

「まだ吐くなよ？」

ひとまず口元にタオルを敷いてやり、大き目のボウルにビニールを巻いて嘔吐（おうと）に備えた。

「ほら、水飲め」

「うー…ぅ」

よろよろと起き上がった伊崎にペットボトルを持たせて、膝にボウルをセットした。

「大丈夫かよ」

「あー、…あ、なんだ、真也か」

水を一口飲んで、伊崎がぱちぱちと瞬きをした。

「なんだってのはなんだよ」

一瞬、誰かと見間違って、伊崎が落胆するのがわかった。

「俺で悪いか」

誰と間違ったのかは訊かなくてもわかる。

「ごめん、俺潰れたのか」

「木村さんとこに迎えに行ってやったんだろ。ぜんぜん覚えてないのか」

「ああ、そうだった、木村さんのとこ飲みに行ったんだったわ」

伊崎が額を押さえてうつむいた。ベッドはシーツが大きくまくれ、枕が床に落ちている。落ちているものは他にもあって、換気していない寝室は情事のあとが生々しかった。なぜ伊崎が荒れているのかも、だいたいのところは推測できてしまう。そそくさと抱くだけ抱いて帰って行ったのであろう男には家庭がある。

「おまえさ」

「んー?」

既婚者なんかと付き合うからだ、と言いかけたが、そんなことは本人が一番わかっている。

「ちゃんとあとで謝っとけよ。ミツさんとか原さんとか、あのへんにもだいぶ絡んだらしいぞ」

「うわぁ、マジで?　ぜんぜん覚えてない」

やけになったようにペットボトルの水をごくごく飲んで、伊崎は口元を拭った。首筋に赤い跡がある。何度か別れ話をしていたようだが、結局もとに戻るのは身体の相性がいいからなんだよねえ、と露悪的に笑っていた。

「あーあ」

ペットボトルを向居に押し付けるようにして、伊崎はまたベッドに倒れこんだ。

「もう大丈夫か？」

「うん。ごめん」

「戸締まりだけしとけよ？」

はぁーい、という調子のいい声に、ひとまず眠れば持ち直すだろう、と腰を上げた。マンションの来客用駐車場に向かう途中でスマホが着信した。千裕からだ。

〈今日はいろいろありがとう。伊崎さん大丈夫だった？〉

〈今酔っ払い送ってきたとこ〉

〈お疲れさま〉

〈千裕も〉

〈俺はなんにも疲れてないし。今日すごい楽しかった。ごちそうさま。次は俺が出すからね〉

千裕はレストランの支払いを気にしていたが、勝手に予約したのは俺だから、と奢らせてもらった。次は、という一言がものすごく嬉しい。

おやすみ、と挨拶し合ってスマホをポケットに入れ、車に乗り込んだ。エンジンをかけて、向居はふっと息をついた。

ついさっきまで、この隣に千裕が座っていた。いつまで横にいてくれるのかはわからない。車をゆっくり出しながら、向居はフロントガラスからマンションの上階を見上げた。伊崎の部屋の窓がどれか、見分けられなかったが、停滞した寝室の空気を思い出してさみしい気持ちになった。

もし千裕が去ってしまったら、きっと自分も荒れてしまうだろうなと思う。

既婚者なんかと付き合うからだ、と伊崎を責めそうになったが、自分も同じようなものだ。

異性愛者はいずれ女性を選ぶ。

それが世の理というものだ。

3

「あ、ねえ、あれどうかな?」

千裕がマネキンを指さした。

土曜の午後、駅のコンコースに直結しているファッションビルは買い物客でごった返していた。エスカレーターで上階に上がっていくにつれ少しずつ人が減っていく。メンズフロアはあまり客の姿もなくひっそりしていた。

「ブルーのやつ?」

エスカレーター横に、ショップごとにコーディネートされたマネキンが数体並んでいる。千裕はその前で足を止めた。

「その隣。あ、でも確かにブルーのシャツもいいなあ」

千裕がマネキンを見比べた。

「真也(しんや)っぽい」

千裕が先に目を止めたのはサマーウールのプルオーバーとコットンパンツで、向居(むかい)がいいなと思ったのは個性的な更紗(さらさ)生地のシャツとぴったりしたデニムだった。プルオーバーのさりげない爽(さわ)やかさに比べて、更紗のシャツはシルクに凝(こ)った染めと手刺繍(てししゅう)がほどこされていて、早い話がゲイ好みのくどいデザインだ。真也っぽい、という千裕の発言に、内心ひやっとした。

今日は映画を見る約束をしていて、その前になにか食べてぶらっとしよう、と待ち合わせをした。ごくありふれた休日デートだ。

今までは向居が車で迎えに行って、事前に予定していたとおりのコースでデートをしていた。今日もそのつもりだったが、電車で集合しようよ、と千裕に提案された。

「そしたら真也も飲めるし、車だとパーキング探したりしてめんどいじゃん」

ノープランで適当に遊ぼう、というのがいかにも千裕らしくて、楽しみな反面、向居はなんとなく緊張した。服を選ぶのにも一時間以上悩んで、それは千裕と会うときはむしろあまり身だしなみに気を使わないようにと心がけているからだ。一般的な男は、爪を整えることはしても表面を磨いたりまではしない。

結局無難なリネンのシャツにデニムを合わせたが、千裕はさらに力の抜けたタウンユースのスポーツアイテムにスニーカーでやって来た。

「何着て行こうって昨日の晩から悩んでさ、決めらんないまま寝ちゃってあげくにちょい寝坊してこうなった」

なんかごめん、と首をすくめている千裕はどこにいても自然体で、その屈託のなさが向居にはまぶしかった。千裕と会うのに寝坊するなど、向居にはありえない。そしてやはり緊張していた。社運のかかるようなプレゼンでも「なるようにしかなんねえよ」で平静を保てるのに、千裕の前ではぜんぜんだめだ。

「ちょっと見てっていい？」

マネキンの足元のショップ名を確認して、千裕が歩きだした。

「真也って服どこで買ってんの？」

「友達がセレクトショップやってるから、そこが多いかな」

千裕になにげなく訊かれ、向居は慎重に答えた。

夜遊びで知り合う仲間はアパレルと美容関係者が多い。会社員もいるにはいるが、真面目な勤め人はゲイナイトに入り浸ったりクラブをはしごしたりしない。親しい友人はだいたい派手好きなので多少なりとも影響は受け、そのせいか仕事相手にも「なんとなく普通の会社員には見えないですね」と言われることが多かった。

「スーツはデパートで買うけど」

「へえ、デパート。なんか意外」

「そうかな？　仕事着のスーツならデパートがいいよ。補正早いし」

プライベートはともかく、仕事先では違和感を持たれないよう、それなりに気を使っている。

「千裕は？」

「俺は適当。で、通販でけっこう失敗するんだよねー」

話しながら千裕が目をつけたショップに入った。

「いらっしゃいませ」

若い男の店員が奥でディスプレイの調整をしていた。

「ああ、やっぱこれいいな」

千裕が陳列棚のカットソーを手に取った。マネキンのコーディネートに使っていたプルオーバーと同じラインのものだ。向居もなにげなくラックにかかっているジャケットを見た。生地の質感がよく、縫製も美しいが、やはりシンプルすぎて物足りない。

「よかったらご試着ください」

店員が声をかけてきた。

「お客さまでしたらもう一つ上のサイズのほうがいいかもしれませんね」

ラックからサイズ違いを外してきた店員は線が細く、ああ同類だな、とピンとくる。彼のほうでも勘付いているだろう。

「どうぞ」

ハンガーから外して着せかけるようにしてくるので、仕方なく袖を通した。

「お似合いです」

「あ、なんかいつもとイメージ違う」

千裕が近寄ってきた。店員が探るようにちらっと千裕に目をやった。すかさず「あんま見るなよ」と目だけで牽制する。店員がわずかに眉を上げた。了解しましたのサインで、同時に「彼氏じゃないのか」という好奇心めいたものが目に浮かんでいる。

「夏のジャケットってかっこいいよね」

千裕はなにも気づかず、一歩後ろに下がって向居のジャケット姿をつくづくと眺めた。

「こちら、手洗いしていただけるので人気なんですよ」

店員が千裕にもサイズ違いをハンガーから外した。

「よかったらご試着ください」

同じジャケットを羽織ることに意味もなく身構えたが、千裕はためらいもなく袖を通し、向居の隣に並んだ。

「お揃いだ」

鏡を覗き込んで千裕がおかしそうに笑った。

「なんかお笑いのコンビっぽいぞ」

「いえ、お客様がたでしたらアイドルグループですよ」

「アイドルて」

千裕が噴き出した。あまりにあっけらかんとしているので、店員は「なんだ、ノンケの友達か」というような拍子抜けした顔をしている。

結局千裕が最初に目をつけたカットソーを買って、店を出た。

「ねえ、腹減らない？」

エスカレーターのほうに歩き出しながら千裕が言った。

「俺、朝ヨーグルトだけだったから腹減った」

千裕のかもしだす友達の空気感に、ようやく変な緊張がとけてきた。

「なにか食べよう。なにがいい？」

「んー、なんかがっつりしたもの食いたいなあ。会社の近く、最近オーガニックとかビーガンとかってすかした店ばっかりできてて、ついつい物珍しくてランチ行くんだけど、食った気しないんだよ」

千裕の気安い話しかたが心地いい。

「なんかこう、身体に悪そうな、カロリーたっかいやつ食いたい！」

「じゃあ外出よう」

ファッションビルを出ると、日射しはもう夏のものになっていた。千裕に日陰を譲りながら地下の飲食店街に向かう。

カウンターで並んでラーメンを食べ、通りかかったゲームセンターで対戦ゲームをして盛り上がり、時間やばい、と気づいて慌てて映画館に向かった。デートというよりただの友達同士の休日だ。向居にはそれがひどく新鮮で、心の底から楽しかった。

「なんだ、ぜんぜん間に合った」

通ったことのない地下道が案外ショートカットになって、映画館のロビーに着いてみるとまだ上映時間まで少しあった。

「千裕、なにか飲む？」

「そりゃこういう映画はコーラとポップコーンでしょ」

「買ってくるから発券しといて。予約番号これ」

「了解」

それぞれミッションを分担して、向居はフードのカウンターに並んだ。オーダーしようとしていると、ねー、どうするぅ？　と隣から甘ったれた男の声がした。

「じゃあこれ、半分こしよっか」

「うん、そうしよ」

　隣のレジで、二人組がペーパートレイを受け取りながらはしゃいだ声で話している。どちらも若い男だ。二人はまるで周囲に見せつけるようにぴったりと寄り添ってカウンターを離れて行った。普段なら心の中で冷やかすだけだが、ちらちらと好奇の視線を投げかけている周囲の目に「こんなところでいちゃつくなよ」と非難がましい気分になった。

「真也」

　フードを調達して戻ると、千裕は入場口の脇に立っていた。さっきのゲイカップルが千裕の前を横切ったが、千裕はやはりなにも気づかず、向居に向かって軽く手をあげた。ほっと胸を撫でおろす。

「座席予約してくれててよかったー。封切り(ふうぎ)三週目だし空いてるだろって舐めてた」

「土曜だぞ」

「だね」

　千裕と約束をしておいて、そんなぬかりはない。もう場内は誘導灯(ゆうどうとう)だけになっていた。たまたまさっきの二人が斜め前のカップルシートに座っているのに気づき、向居は軽い罪悪感を覚えた。

　彼らはただ仲良くデートを楽しんでいるだけだし、それを物珍しく見てしまう人がいるのもしかたがない。そんなことはわかっている。

ただ、千裕に居心地の悪い思いをさせたくなかった。

もっといえば、千裕が男とつき合うデメリットに気づいて離れていくのを阻止したかった。

完全に自分の都合だ。

耳慣れたオープニング音楽が流れ、千裕がホルダーにセットしたカップからポップコーンをつまんだ。横目で見ると期待した表情でスクリーンに見入っている。千裕は今まで少数派になったことなどないだろう。ずっと通りの真ん中を、ごく当たり前に歩いてきている。

向居自身は、常に少数派だ。

性指向を自覚する前から、父親がエネルギー関連の仕事をしていたので家族で中東の国々を「外国人」として転々と巡り、日本に帰ってからは「帰国子女」と特別扱いされた。異性愛者に惹かれがちなのは、彼らのおおらかな無神経さに憧れがあるからなのかもしれない。千裕も日向の匂いがする。

巨大スクリーンと最新音響システムで、一瞬たりとも退屈させない、という気合の入ったアクションムービーを堪能して、映画館を出るともうすっかり日が落ちていた。一年で一番日が長い時期で、歩道の並木に宵の明星がひっかかるように光っている。

面白かったぁー、と満足そうに伸びをしている千裕に「このあとどうする?」とさりげなく訊いた。気安い友人同士の休日から、甘い恋人同士の時間に自然にシフトさせたい。

「ホテル行く?」

うちに来ないか、と誘うつもりだったが、その前に千裕がごく当たり前に返してきた。

「え、ああ」

「そのへんにホテルあるよ」

「いや、それは」

千裕から誘ってくれたのは嬉しいが、大事な時間をそんなふうに手軽に扱うのは嫌だ。反射的に遮ると、千裕が意外そうに眉をあげた。

「気分じゃなかった?」

「違うよ」

千裕が誤解しかけたので慌てて打ち消した。

「そうじゃなくて、雑にしたくないんだ。通りかかったラブホに、ついでみたいに千裕を連れて行きたくないっていうか…、俺にとって千裕は、すごく貴重だから」

焦って説明すると、千裕が目を丸くした。

「そんな貴重…、とか」

珍しく赤くなって、千裕は照れたように目の下あたりを指で擦った。

「千裕、うちに来ないか? 途中でなにか食べて、それで、泊まっていってくれたら嬉しい」

目を伏せていた千裕が顔を上げた。気持ちを込めて見つめると、面映ゆそうに瞬きをした。

「じゃあ、そうしようかな」

「よかった」

　一緒に駅のほうに歩き出し、しばらく甘い沈黙を共有した。

「真也って、彼氏力すごいよね」

　駅が見えてきた。改札を通るのに先に行かせて追いつくと、千裕が照れくさそうに呟いた。

「俺？」

「うん。なんかこう、すごい大事にされてる感じするもん」

「本当に大事にしてるよ。大事だから」

　んぅー、と千裕が妙な声で唸（うな）った。

「なに」

「そういうのさ、さらっと言っても気障（きざ）っぽくないのも、なんか悔しい」

「悔しい？　なんで？」

「なんでも！」

　電車が入ってきたところのようで、ホームの階段から大勢が流れてくる。自然に千裕を脇にやると、千裕が笑った。

「そういうのもさー」

　無意識にやっていたので、なにが「そういうの」かすぐにはわからなかった。

「ごめん、鬱陶しい？」

「そんなことないよ。嬉しいよ。てか、俺も見習わないとだなあ」

千裕が口を尖らせた。

「俺もかっこいい彼氏になりたい」

「なれるよ」

「そう？」

「うん」

ふふ、と千裕が笑った。

千裕が次に付き合うのはどんな女性だろう。

同じ会社にいたころ、総務部のすらっとした女性といい感じになっていた。ああいうプライドの高そうな美人が千裕のタイプなのか…、と考えかけて、止めた。

千裕はそんなに長く隣にいてはくれないだろうが、だからといってつまらない想像で今の幸運を味わいそこねるのは馬鹿げている。

「なに食べたい？」

「んー、日本酒飲みたいから、肴の美味しいとこ行きたいな」

「日本酒ね」

千裕はリクエストが明確だ。変に気を回したり遠慮したりもしないので、わがままな恋人を甘やかすのが好きな向居にはぴったりはまる。

「じゃあちょっと回り道するけど、いい店あるからそこに行こう」

「やった。楽しみ」

自分が喜ぶことがなによりのお礼になるのだと、千裕はごく自然に理解している。

最高だ。

4

向居(むかい)が初めてキスをしたのは十歳のときで、今思えば完全に犯罪だが、相手は当時のキッズシッターの男子大学生だった。

ふざけたふりのボディタッチに違和感はあったが、同じくらいのスリルと興奮もあって、向居はそのとき自分の性指向を理解した。サマーホリディが終わってシッターは別の人に代わったが、しばらくして彼を街で見かけた。欧米人の女の子と一緒で、親密な笑顔を浮かべている彼に、向居はひそかに裏切られたようなショックを受けた。

人は自分と似た誰かに救いを求めるところがある。自分だけじゃない、と思うだけで踏ん張れたり、立ち上がったりできることもある。当時住んでいた中東地域で、同性愛は犯罪だった。日本に戻り、オンライン上でだけやりとりしていたゲイコミュニティの知り合いと直接会うようになり、友達が増えた。何人かとつき合ううちに変な負い目もなくなって、向居の世界は広がった。やりたいこと、面白いことはたくさんあって、恋愛もその一つだった。そして徐々に自分には異性愛者に惹かれる困った癖があると気がついた。

「俺たち、不利な相手ばっか好きになるから最後の最後で負けがこむんだ、最悪だ」

そう言ったのは伊崎だ。

学生だけで主宰するビジネス系のイベントで知り合った伊崎は、それまで向居が出会った中で一番優秀で、一番きれいな男だった。

向居はいきなりゲイバレするタイプではないが、伊崎は見ればすぐにわかる。きれいなネコちゃんだと思ったが、彼のほうは向居にまったく興味を示さない。もてるほうだという自負があったので正直面白くなかった。

「キミだって俺にそこまで興味ないじゃん」

飲み会で二人きりになったとき、軽くちょっかいをかけた向居に、伊崎は煙草の煙を吐き出して挑発するように目を眇めた。

「これでもけっこうプライド傷ついてるんだけど」

口説くつもりならもっとガツガツきてくんないと、と言われて、同じようなことを考えていたのかとお互いに呆れ、結局一度も色っぽい関係にならないまま、なんだかんだと腐れ縁が続いている。

そして伊崎は学生のころから、包容力のある大人の男に弱かった。学生ビジネスを後押ししてくれる資金力のある男とばかりつき合っていたので、その当時は支援のために身体まで使って、と下世話な陰口をたたかれていた。が、向居だけは伊崎が本気で惚れ込んでいるのだと知っていた。有望な新規事業に投資する側になった今でも、伊崎がつき合うのは「自分よりなにもかも上の男」限定だ。本人の立場が強くなるにつれ、相手もそれなりの地位や年齢になっていき、そんな男はたいてい家庭を持っている。そもそも伊崎も基本的に異性愛の男が好みだ。

『ノンケ好きのゲイって、ほんとーにM極まれりだよね。いや、真也が今現在うまくいってるのは喜ばしいことだけどさ』

タブレット画面の向こうで嘆息している伊崎はオフィスにいるようだった。背後に多画面モニターが映り込んでいる。

「そんな話はいいんだよ。用件は？」

向居のほうはオーベルジュのパーキングに車を入れてエンジンを切ったところだった。千裕はエントランスで下ろして、先にロビーに入ってもらっている。宣言通り千裕に合わせて夏季休暇をとって、二人きりの夏を満喫していた。

「言っとくけど、俺は今、休みなんだからな？」

仕事とプライベートはきっちり分ける主義だが、伊崎だけは線引きが難しい。

『ごめんって』

伊崎は最近分野違いの新規事業にも関わるようになって、ワーカホリックに拍車がかかっていた。いくらなんでもオーバーワークなのでは、と心配する声も聞こえてきて、向居も様子を見ているところだった。

「おまえもちょっと休んだほうがいいんじゃないのか」

『そうねえ、そのうちね』

口先だけの生返事だが、仕事でメンタルのバランスをとっているのはわかるので向居もそれ以上は言わなかった。

打ち合わせを少しして、今日明日はもう応答しないからな、と念押ししてタブレットの電源を落とした。

「ごめん、千裕。仕事の電話が入って、ちょっと話してた」

急いで向かったエントランスで、千裕はソファに座って新聞を読んでいた。一泊なので荷物は少ない。ワンショルダーの小ぶりのリュックとスニーカーは艶消し(つやけし)のレザーで、麻の長袖(ながそで)シャツを着ている。ドレスコードはないが、あまりに軽装だと気後(きおく)れするかも、と伝えていたので全体にいつもよりシックだ。迎えに行ったマンションから出てきた千裕を見て、向居はかなりぐっときた。今もソファで足を組んでいる千裕が好みすぎて、性懲(しょうこ)りもなくそわそわしてしまった。

「遅いから、もしかしてってって思ってた。いいよ、新聞久しぶりに読んだら面白かったし」

言いながら新聞をラックに戻して立ち上がった。千裕は首から肩のラインが優雅だ。リュックを肩にかけるなにげない仕草にまで見惚れてしまう。

チェックインを済ませ、フロアスタッフに案内されて宿泊棟に入った。併設のショッピングエリアにはマルシェやカフェなどもあり、観光客や地元の人たちを呼び込むような開放感のある造りだが、渡り廊下を隔てて宿泊棟はかなり雰囲気が違う。巨岩を切り出したような壁に照明が当たり、石仏や白磁壺などがぼうっと浮き上がって幻想的だ。

「わあ、バルコニー広い」

部屋に入ると、千裕が声をあげた。

古民家を移築したらしい建具を現代的にアレンジしていて、土壁にかかったアイアンワークが映える。畳敷きのベッドスペースの奥がバルコニーで、名峰が縁どられて一幅の絵のようだった。

「あれ葡萄畑ですか？　綺麗」

バルコニーに出た千裕に、スタッフが後ろからロケーションの説明を始めた。女性同士ならともかく、男友達二人で宿泊するようなところではないので内心気を遣っていたが、スタッフはもちろん千裕も平然としている。

「ねえ、ここ相当高いんだろ？」

スタッフが出て行って二人きりになると、千裕がこそっと訊いてきた。

「まああするね」

「真也のまああか」

千裕が改めてあたりを見回した。

「なんかすごいよね、照明まで全部アーティストの『作品』って感じ」

言いながら、千裕は淡い光を放つフロアスタンドのシェードに触れた。家具や調度品もたぶんぜんぶ一点ものだ。

「本当に招待なの？」

千裕が疑わしそうに眉を寄せた。

知り合いの仕事先でちょっとしたアクシデントがあって、リカバーのお礼に招待された、と向居は嘘をついていた。自分がどうしても千裕と来たかっただけなのに、なんでもない一泊旅行に高額を折半させられない。

「本当だよ」

「ふーん？」

たぶんばれているが、千裕はしょうがないな、という顔でそれ以上問い詰めてこなかった。

「いくら収入に差があるからって奢られっぱなしは嫌だからね？」

それでも一応、というふうに念押しされた。

確かに昔の仕事のインセンティブが入ったり、投資のリターンがあったりで同年代より収入はある。ただ、それよりも向居には「今しかない」という思いが強かった。千裕と過ごせる夏はこれ一回かもしれない。

「わかってるよ」

「じゃあいいけど」

話はそれでおしまいにして、千裕が近寄ってきた。千裕のほうからキスしてくれるのが嬉しくて、向居はわざと自分からは動かず触れてくる柔らかな唇の感触を味わった。

「千裕…」

「ん」

顔の角度を変えて、深いキスに誘おうとしたところで千裕のスマホがぶるっと震えた。抱きしめていたので振動が伝わって、反射的に離すと、千裕が「ごめん」と顔をしかめた。

「電源切っときゃよかった」

スマホの画面を確かめて、千裕が仕方なさそうにバルコニーのほうに行った。もしもし？と応答する声の調子が仕事のものに切り替わっている。配属されてきたばかりの新人を任されているとかで、この休暇中にもよくプライベートのほうに電話がかかってきた。口では「こっちにはよっぽどのことがない限りかけてくんなって言ってるのに」とぼやいているが、意外なほど面倒見がよくて、親身に励(はげ)ましてもらっている千裕の後輩にたまに嫉妬を感じるほどだ。

「ごめんな」

軽く荷物を片づけていると千裕が戻ってきた。

「休み明けに部内プレゼンあるから不安みたいで、まあ気持ちはわかるんだけど」

スマホをバックポケットに入れながら、ふと「伊崎さん、最近すごいんだってね」と思い出したように言った。

「この前、久しぶりに秦さんと会って、そのとき聞いたんだけど、新しいプラットフォーム開発ものすごい勢いで立ち上げだしててやばいって。やっぱり仕事のできる人って違うね。真也もそうだけど」

千裕が珍しく気後れしているような物言いをしたので、向居は慌てて「そんなことないだろ」とフォローした。一緒に働いていたころ、私情を持ち込んで彼を傷つけたのは自分だ。

南さんみたいな人は、組織に守ってもらったほうが利巧です——まるで大企業で働いていることが無能の証のような言いかたをして、彼を不当に貶めた。

「それに伊崎はなんかあると仕事で鬱憤晴らしするところがあるんだよ。今ワーカホリック気味で、ちょっと心配してる」

つい伊崎のプライベートなことまで言及しそうになって止めたが、千裕は心配そうに小さくうなずいた。

「もしかして、秦さんから何か聞いた？」

「んー、まあ。ちょっとだけ」

おしゃべりな同業者の顔を思い浮かべて、向居は小さくため息をついた。伊崎の相手は業界内での有名人だ。伊崎自身も人の噂にのぼりやすい立ち位置なので、秦の耳に入っていてもおかしくはない。千裕の顔つきから、秦としては伊崎の肩を持って話したのだろうことは推察できた。

「辛（つら）いよね」

千裕の言葉はあくまでもシンプルだった。

家庭を持っている相手にどうしても未練が断ち切れない伊崎を、向居は同病相憐（どうびょうあいあわれ）れむで見守ってきた。自分にはそれしかできない。千裕の短い言葉に、なぜか胸が痛くなった。

「俺は千裕一筋だから」

話を変えようと冗談めかすと、千裕は「当然だね」とそこは揺るぎのない自信で返してきた。

「なんだ、『俺もだよ』って言ってくれないんだ？」

「言ってほしい？」

千裕がいたずらっぽい目になった。

「そりゃ嘘でもいいから言ってほしいよ」

「嘘でいいんだ？」

「だって、千裕が俺とつき合ってくれてるのもまだどっかで半信半疑だから」

たとえ嘘でもいいし、今だけでもいい。

千裕はたぶん、そんな気持ちになったことなどないだろう。

5

ご朝食はテラスに準備してよろしいでしょうか、という電話で起こされた。

はい、と応答したものの、頭がよく働かない。クラシカルな形の受話器を戻し、向居は額を押さえた。虹色のフットライトが柔らかくあたりを照らしていて、隣で千裕が眠っている。意識が徐々にはっきりしてきて、壁掛けの時計に目をやった。七時だ。明かりをつけっぱなしで寝入っていたようだ。

「千裕」

「ん…」

豪華な織のカーテンの隙間から、明るい陽射しが差し込んでいる。軽い頭痛とともに、昨夜の芸術的な料理の数々を思い出した。メインダイニングはゆったりとした広さで、照明や調度品でほかの客の視線をさりげなく遮ってくれ、おかげで心ゆくまで美食を堪能できた。

ただ、期待以上の独創的な皿の数々に、ついワインを飲み過ぎたようだ。ゆっくりチーズまで愉しんで、部屋に帰り着いたあと千裕と一緒に風呂に入って、そこからの記憶がない。ガウンのような部屋着をちゃんと着ていて、寄り添うようにそばで眠っている千裕も同じものを着こんでいた。

「あー…真也(しんや)、おはよ」

うん、と伸びをして、千裕が目を開けた。

「すごい、よく寝たー」

あくびまじりで言って、また脱力する。

「俺もだ」

風呂でいちゃついた記憶はあるが、続きはゆっくりベッドで、とひとまずバスルームを出て水を飲み、そのあと仲良く眠ってしまったらしい。顔を見合わせて苦笑して、軽くキスを交わした。

「朝飯、食えそう?」

「ぜんぜんいける」

「テラスに席用意してるって電話かかってきたんだけど、部屋まで運んでもらおうか」

半分眠っていたので、そのときには頭が回らなかった。

「なんで?　真也二日酔い?」

「いや、そうじゃないけど」

テラスはショッピングエリアに隣接している。朝市マルシェの看板もあったので、たぶんもう賑(にぎ)わっているだろう。

「テラスいいじゃん。外で食うの気持ちよさそう」

千裕が元気に起き上がった。

いつも周囲に気を配っている向居と違って、千裕はまるで人目を気にしない。生まれてこのかた好奇の目を向けられたことなどないからだ。その健(すこ)やかさに惹かれる反面、いつも不安がつきまとう。

「行こうよ」

顔を洗って軽く身支度をすると、千裕が快活に促(うなが)した。いい加減自分の臆病(おくびょう)さにうんざりして、一緒に部屋を出た。

「あれ、南(みなみ)?」

「えっ、杉(すぎ)ちゃん」

テラスに向かう途中のロビーで、ふいに誰かに呼び止められた。

千裕が驚いて足を止めた。見ると、若い男女のカップルのうちの男のほうが、目を丸くして近寄ってくるところだった。どきっとした。

「うわあ、本当に南だ。なに、どしたのこんなとこで」

「どしたのって、杉ちゃんこそ」

どうやら旧友のようだ。向居はとっさに千裕から離れた。

「夏休みで、彼女の実家がこっちでさ」

杉ちゃんと呼ばれた男は一緒にいた彼女を手招きして、照れくさそうな表情を浮かべた。千裕があぁ、と冷やかすように頷き、その流れで向居のほうを向いた。

「えーと、友達」

「ども。こんちは」

「こんにちは」

明るく挨拶(あいさつ)されて、向居も急いで笑顔を浮かべた。宿泊棟から出てきたのを、見られただろうか。

「え、もしかしてオーベルジュ泊まってたんですかぁ?」

彼女が羨(うらや)ましそうな声をあげた。

「いいなあ」

向居は無意識に息を止めていた。千裕のほうを見るのが怖い。

「あたしずっと前に友達とメインレストランでランチしたことあるんですけど、もうすっごい凝(こ)ってて美味(おい)しくて、ディナーも行ってみたいんですけど、夜は宿泊しないとダメなんですよね。一回でいいから泊まってみたーい」

「高そうだなあ」

千裕の友達が宿泊棟のほうを見て首をすくめ、彼女が「たっかいよー」と脅(おど)すように言って二人で笑った。

「じゃあ杉ちゃん、また」

お金貯めて来年は、と相談を始めた二人に、千裕が軽く挨拶した。いつもと変わらない様子にほっとしながら、不安も残る。

「そのうちみんなで集まろうぜ」

「うん。それじゃ」

別れ際に、向居ももう一度会釈して、千裕とテラスのほうに歩き出した。

「高校のときの友達。こんなとこで会うとかびっくり」

千裕がなにげなく言った。

「すごい偶然だな」

向居もさりげなく応じながら、こっそり千裕を観察した。いつもと同じようでいて、わずかに違う気がする。泊まったのかと訊かれて、千裕ははっきり返事をしなかった。口ごもった、ような気がする。

「友達って言ったの、やだった?」

向居が黙り込んだのに気づいて千裕が小声で訊いてきた。

「まさか」

千裕の態度がフラットだったので二人ともあまり深く考えていない様子だったが、あとから「オーベルジュに二人きりで宿泊するトモダチ?」と首を傾げていそうだ。そしてそのことに、千裕も気づいてしまったはずだ。

「突然彼氏って言われたら向こうだって反応困るだろ」

内心の焦りを隠して言うと、うん、とうなずいて、今度は千裕が少し黙り込んだ。

テラス席に落ち着いて、飲み物や卵料理のセレクトを済ませると、千裕は所在なさげにテラス前のマルシェを眺めた。自惚れるわけではないが、お互いに人目を引く容姿なので時折買い物客がちらっと視線を向けてくる。やはり朝食は部屋に運んでもらえばよかった、と向居は激しく後悔した。

「あのさ」

千裕がふっと息をついて向居のほうを見た。

真剣な目に、どきりとして思わず背筋を正した。

千裕がちょっとでも別れたいそぶりを見せたら、潔く諦める。向居はそう決めていた。どうせ長くは続かない。それならせめて彼の記憶の中で、楽しかったな、と懐かしんでもらえるうちに終わらせたい。

とっくに覚悟しているはずだったのに、向居は無意識にぎゅっと拳を握っていた。

「話があるんだ」

切り出してから、千裕が言いづらそうに目を逸らした。

「――あのさ…」

「千裕」

言葉を探すように言い淀んだ千裕に、向居は我慢できずに遮った。

「外で会うの、やめようか」

「は？」

目を伏せていた千裕が驚いたように顔を上げた。

「俺がどこにでも車で迎えに行くし送って行くし、家で会おう。それに会員制の店とかプライベートホテルとか、いろいろ気にしなくてもいいところもあるんだ。だから、そういうところだけにしたら」

言いながら、向居は自分の必死さに驚いていた。千裕が困惑したように眉を寄せた。

「なに言ってんの？」

「別れたくない」

「はあ？」

「俺は千裕と別れたくない」

千裕が無言で目を見開いた。

「お待たせいたしました」

みっともなく縋るのはやめろ、とでもいうタイミングでウェイターがワゴンを押してきた。

幸いマルシェから軽快な音楽が流れ始めてやりとりは聞こえていなかったようだ。ウェイターが皿を並べ、ワゴンの上でカップにコーヒーを注いだ。スクランブルエッグはまだ湯気をたてている。

自家製ジャムや蜂蜜の小瓶まで揃えると、ごゆっくりどうぞ、とウェイターが下がって行った。その間、千裕はまじまじと向居を見つめていて、向居はいたたまれない思いでその視線を受け止めた。そうしながら、すっかり開き直ってしまっていた。

「俺は千裕の書き捨てたメモまで保管する男なんだからな」

こうなったら洗いざらい本音をぶちまけてやる、と向居はコーヒーを一口飲んだ。

「ずっと片想いしてて、絶対無理だと思ってたのに奇跡が起こって、でもいつ『なんで男なんかとつき合ってんだ?』って我に返って終わりにされるかわからないから、覚悟はしてた。どっちみち長続きはしないだろうって、それもちゃんとわきまえてるよ。けどまだたった四ヵ月だろ。千裕に好きな女子ができるまででもいい。絶対にバレないようにする。だからもうちょっとだけ…」

「あのさ」

たまりかねたように千裕が遮った。

「もしかして、真也、俺が心変わりするの前提でいろいろ気を遣ってたわけ?」

呆れるような、馬鹿にしたような目にむっとして、手に持っていたカップをソーサーに戻した。

「だって、千裕は異性愛者だろ」

向居の返答に、千裕がまた「は？」と眉を寄せた。

「それ、前も言ってたよね。だからなんなの？　俺が今好きなのは真也だし、異性愛者だからとかって、そんなの関係なくない？」

「関係あるだろ」

思わず声が尖った。

「ないし」

「ある」

「ないって」

子どものような応酬に、千裕が不審そうに眉を寄せてじっと向居の顔を見つめた。目を逸らしたら負けだ、と向居は好きでたまらない恋人の顔を見返した。

「千裕だって、そのうちかっこいい彼氏になりたいって言ってただろ」

無言の睨み合いに、やはり先に負けた。

「さっきの友達にだって、バレたら困るだろ？」

千裕がわずかに目を見開いた。探るような目に、心臓が早くなる。

「――なるほどね」

やゃして千裕が肩から力を抜いた。

「なるほど、やーっとわかった」

「わかったって、なにが」

千裕はふーん、とひとりで納得している。

「さっき杉ちゃんたちに会っちゃって、それでいろいろ焦ったわけね。俺はここの宿泊代、奢ってもらっちゃってること気にしてたんだけど」

「え？」

思いがけないことを言われて、今度は向居が驚いた。

「取引先の招待って、あんなの嘘だろ」

千裕が口を尖らせた。

「今回だけじゃないし、そりゃ経済力に差があるのはしゃーないけどさ、やっぱ気が引けるじゃん。俺が学生で真也が年上の社会人、とかならまあアリかもだけど、立場同じなんだし。どこ行くのもすぐ車出したがるのも、そういうことなわけね。けど俺、真也にばっか負担かけてて悪いなってそれも気が引けてたよ」

電車で集合してノープランで遊ぼうよ、という千裕の主張はそういう意味もあったのか、と向居のほうでもやっとわかった。

「どっちかっていうと、俺、経済格差で長続きしねーかも、ってちょっと弱気になってたんだよ」

「は⁉」

ぼうっとしたまま千裕の話を聞いていた向居は、聞き捨てならない一言に腰を浮かせかけた。

「なんで⁉」

「俺だって人並みにプライドあるよ。真也が本気で俺とずっとつき合いたいって思ってるんだったら俺に合わせてラーメンとゲーセンで満足しろよ」

「してるよ！　めちゃめちゃ楽しかったよ！」

「こんなたっかいとこ、記念日とかで一緒に金貯めて来るもんなんだよ。さっき杉ちゃんたちもそう言ってたろ？」

「そんな先まで千裕が一緒にいてくれるんだったらそうするよ」

「そんな先って、どんな先だよ」

「どんなって…、一年とか？」

少しでも長く、としか考えていなかった。

「一年保たない想定だったんだ」

千裕が不満そうに目を眇める。ずっと抱えていた不安が、少しずつ別のものに変わっていく。期待とか、希望とか、ぐらついていた足元がしっかりと固まっていくような感覚に、それでもまだ向居は疑い深く唾を飲み込んだ。

「だって、でも千裕は…」

「異性愛者だから？」

先回りの質問に、向居は言葉を封じられた。

「それもう聞き飽きた。ノンケってゲイにとってそんなに誠実さ疑われるもんなの？」

プレーンブレッドにジャムを塗り、コーヒーにミルクを入れてかき回し、千裕は「あのさ」と怒ったように顔をあげた。

「真也は俺が好きだって言ったの、何だと思ってんの？」

千裕の声が傷ついていて、どきりとした。同時に思い出した。

俺は向居さんが好きです——あのときの千裕の震える声が、突然耳に蘇(よみがえ)った。

そうだ、告白してくれたのは、千裕のほうからだった。

伊崎(いさき)とつき合っているのだと誤解させていたのに、勇気を振り絞(しぼ)って、ただ聞いてくれるだけでいいから、と打ち明けてくれた。

——異性愛者で、男とつき合ったことがなかったら、向居さんを好きになったらだめなんですか？

まさか、と信じられない気持ちで呆然としていた向居に、千裕は確かにあのときもそう言った。

「ごめん」

望みがなさすぎて、そう思い込みすぎて、千裕の言葉をちゃんと聞いていなかった。彼の気持ちを勝手に決めつけていた。

「ごめん、千裕」

「まあ、確かに俺は女子ともあんまり長続きしないほうではあったけどね」

ブレッドをちぎりながら千裕が小さく息をついた。

「自然消滅多発でさ」

「俺は自然消滅なんか絶対にさせない」

慌てた向居に、千裕がくすっと笑った。

「千裕が長続きしないほうでも、俺はしつこいよ」

宣言するように言うと、千裕が「みたいね」と照れたように目を逸らした。

「いきなり別れたくないとか言い出して、なにごとだってびっくりした」

びっくりした、ということは、千裕は本当にそんなことは微塵も考えていなかった、ということだ。じわじわと喜びがこみあげる。お馴染みの「本当に?」「いつまで?」という疑念も一緒に湧いてきたが、千裕のまんざらでもなさそうな照れた口元に、なんとか打ち消すことに成功した。

「ここの宿泊費ってやっぱ真也が出してるんだろ?」

「うん」

ブレッドを口に運びながら改めて訊かれて、向居は今度は正直にうなずいた。

「千裕と行きたいところは今のうちにって、多少無理した」

「そうなん？」

多少無理した、のところで千裕が眉を上げた。

業界内ではそれなりに知られてはいるが、今現在はただの会社員だ。千裕が思ってるほどじゃないと思うよ、と言ったが「ふぅうーん」と信用していなさそうな顔をされた。

「まあいいや。とにかく俺は普通の会社員だからさ、持続可能なつき合いレベルに軌道修正してくれる？　俺が言おうと思ってたのはそれ」

「持続するならそもそも無理しない」

千裕が手についたブレッドのかけらを皿の上で払った。

「持続させようよ。俺は持続させたいよ？」

まっすぐ見つめてくる千裕に、うん、と返事をするだけで精一杯だった。

女子ともあんまり長続きしないほうではあったけどね、と他人事のように言った千裕の「持続させようよ」は向居の心を強く揺さぶった。

千裕が、彼の意思で、続けたいと言ってくれた。

「俺さ、自分から好きになったのは真也が初めてなんだ」

「俺？」

「そう」

驚いている向居に、千裕が面映ゆそうに頬のあたりを指でこすった。

「自分が同性好きになるって、確かに想定外すぎてびっくりしたけど、真也がそんなに気にしてるって、知らなかった」

「気にするよ。千裕は変なふうに見られたりしたことないだろ？」

千裕が小さく首を傾げた。

「俺が甘いのかもしれないけど…今どきゲイとかゲイじゃないとか、そんな気にする人いるのかな？　少なくとも俺は真也がゲイかもって気づいたときも、へえってちょっと驚いたけどそれだけだったし。変なふうにとる人のほうがおかしいでしょって思っちゃうけどね」

いろんな感情が胸の中で混じりあい、向居はしばらくそれを味わった。

思春期までを過ごした国々で、同性愛は侮蔑の対象どころかはっきりと犯罪だった。でも今、ここで、愛は自由だ。千裕が自由にしてくれた。

「千裕に、ちょっとでも嫌な思いをさせたくなかったんだ。千裕は少数派になったことなんかないだろうし」

「それはそうだね」

千裕の目もとが甘くなって、ふふっと笑った。

「俺、愛されてるねえ」

「めちゃめちゃ愛されてるよ」

「知ってる」

甘ったるい会話に自然に頬が緩む。

「ねえ」

千裕に触れたい、と思ったとき、千裕がテーブルの下で軽く足を触れさせた。

「ここって、チェックアウト何時？」

6

部屋に戻ると、ドアを閉めるのももどかしくキスを交わした。

「——真也」

「え？」

いつものようにリードしようとして、逆に腕を引っ張られた。昨夜は同じベッドで眠ったので、二つ並んだベッドのうち、片方だけが乱れている。絣模様のベッドスローがかかったままのほうに誘導されて、そこに座った。千裕がぽんぽんとスニーカーを振り捨てるようにして脱ぎ、勢いよく圧し掛かってくる。積極的なのは嬉しいが、主導権を奪われると最初のステップを間違ったダンスのように調子が狂ってしまう。

「——ん…」

口づけられ、舌で唇を割られた。千裕はキスが上手だ。戸惑っているうちに体重をかけられて完全にベッドに仰向けになった。すかさず千裕が馬乗りになってくる。

「千裕」

「んー?」

楽しそうにシャツのボタンを外され、その手慣れた動きに少し焦った。

「真也、足あげて」

しばらくフリーだったと聞いたが、千裕がもてないわけがなく、過去に彼がしてきた役割は当然こっちだ。

「千裕、ちょっと待って」

「待たない」

「いや、でも」

「うるさーい」

笑みを含んだ声が色っぽくて、心ならずも心臓が高鳴った。惚れたほうが負けの恋愛フィールドで、どうせずっと千裕には負けっぱなしだ。向居は観念してされるままになった。

千裕は耳や髪にキスしながら向居の服を脱がせ始めた。アンダーシャツを抜くのに協力し、腰を浮かしてボトムスを落としやすくする。

「あー、やっぱ真也かっこいいな。俺ももっと鍛えよう」

そう言う千裕も定期的にジムに通っていて、きれいな身体をしている。向居は手を伸ばし、千裕の首から肩、腕、手首、指と手のひらでなぞった。お互い全裸で、欲望がダイレクトにわかる。千裕の指先を握って口づけ、そのまま自分の上に引き寄せた。唇が重なる。千裕の舌が入ってきて口中を舐めた。主導権を取り戻せないかと抗ってみたが、千裕はぬるりと舌を引き抜くとそのまま喉元に舌を這わせた。

「――千裕」

「ん？」

千裕の頭が下がっていき、へその辺りで止まった。同性との経験がなかった千裕に、今までは向居が一方的に仕掛けていた。そもそも向居は奉仕されるよりも相手が自分の愛撫で乱れるのを見るのが好きだ。

「うまくできなかったらごめんな？」

それでも千裕に呑み込まれると、熱い口腔の感触に息が止まった。彼にされていると思うと感度がぜんぜん違う。歯を当てないようにと気を遣いながらぎこちなく包まれるのがたまらなかった。

「――千裕、…」

半分のところでいっぱいになってしまったらしく、千裕がくぐもった声を洩らして断念した。慣れていないのがかわいい。いつも自分がされているとおりのフェラチオをしようとして、無理だと悟って、代わりに先端を舐め始めた。首をあげて見ると、さらに昂った。好きな人が、自分のものを愛撫している。指、唇、舌、髪が揺れ、目をつぶっている顔がちらちらと見える。

「千裕」

尖らせた舌先で裏筋をそっと撫でられて、快感が跳ね上がる。

「あー、やばい」

ひとしきり舐めて、千裕が顔をあげた。目が潤んで頬が上気している。

「めっちゃ興奮する、これ」

言いながら、また濡れた唇をつける。さらに奥のほうに舌を入れようとして、腿を押し上げてきた。

「千裕」

「ん？　ねえ足上げてよ」

「悪いけど、俺はそっちは無理だ」

正直に申告すると、千裕がきょとんと向居を見上げた。もともと男を組み敷くことに興奮する性質で、逆にはなんの興味もなかった。それでももっと若いころには好奇心もあり「抱かれるほうをやったらその経験で上手くなる」とも聞いて何度かチャレンジしてみたことがある。が、結局徹底的に向いていないことがわかっただけだった。

「才能がないんだ」

「才能…？」

「言っただろ。だめな人は本当にだめだって」

千裕はすぐ意味を悟って目を丸くした。

「そうなん？」

だから挿入行為をしないカップルも普通にいる。

「じゃあ俺、本当はゲイじゃないのに、こっちの才能はあったのか。真也と出会わなかったらこんな気持ちいいのに知らないまま死んだかもってこと？」

千裕は妙にあっけらかんとしてそんなことを言った。

「ああそっか。風俗でここ弄るオプションあるよね。でも苦手な人もいるのか。もったいない、めっちゃ気持ちいいのに」

納得した口調がおかしくて、つい笑ってしまった。本当に、千裕は自由だ。

「じゃあ、交代」

「ん」

千裕が今度は素直に仰向けになった。ひざ下の長いきれいな両足が自然に開き、腕が背中に回ってくる。軽くキスをしてから、耳、首筋と唇と舌で辿った。

「――ん…」

千裕にこうして触れると、性的な興奮より先に愛おしさが溢れてくる。彼が自分のすることを受け入れてくれるのがなによりも嬉しい。

「あ、…っ」

すっかりこの行為にも慣れて、明るいベッドの上でも、もう恥ずかしがらずにぜんぶを見せてくれる。腿の裏に二つ小さなほくろがあるのを、千裕自身は知らなかった。他にも知っている人はいるのかもしれないが、教えたのは自分だ。

「痛くない？」

こんなところに快感があることも、自分が教えるまで千裕は知らなかった。

千裕がぎゅっと目をつぶった。

「だいじょう…ぶ、あ――あ、あ」

汗ばんだ肌がしっとりと吸いついてきて、極上の触り心地だ。はあ、はあ、と呼吸がどんどん荒くなっていき、興奮が高まる。

「真也――」

同じ速さで欲求が満ちてくるのを感じて、向居はゆっくり起き上がった。千裕が肩で息をしながら手を差し伸べてくる。

「千裕？」

半身を起こすと、千裕は向居の肩を押した。

「たまには逆やってみようよ」

「いや、だからそれは――」

逆、と言われて慌てたが、千裕はふふっと笑った。

「俺もかっこよくリードする彼氏になりたいじゃん」

向居にまたがりながら、千裕が唇を舐めた。

「――え、それって」

かっこいい彼氏、というのが自分に対しての言葉なのだと理解して、向居は驚いた。この先千裕がつき合うであろう彼女を勝手に想像していた。

「なに？」

「なんでもない」

もう痛いほど勃起している向居を手でコントロールし、腰を落とす。ぬっと開いていく感覚があって、千裕が細く息を吐いた。

「――…あ、…」

千裕の顎が上がり、向居も締め付けられる快感に息を止めた。

「あー…、すっごい…これ、いい」

深く腰を落としてしまうと、千裕が掠れた声で囁いた。睫毛がしっとりと濡れている。

「千裕」

「――ん……」

千裕が膝で身体を安定させ、さらに深く抉(えぐ)るように腰を動かした。中の感じるところを自分で探り当てている。屹立(きつりつ)したペニスが粘液(ねんえき)を溢れさせて揺れ、焦点(しょうてん)の合っていない目や半開きの唇がものすごくエロティックで、見ているだけで興奮が募(つの)った。

「──っ」

思わず腰を揺すってしまい、千裕がびくっと跳ねた。

「あ、っ──」

反射的にペニスを握り込んだ。射精寸前で止められて、千裕の中がぎゅっと締まる。熱い。きつい。

「──」

もう少しで持っていかれそうになったが、なんとかこらえた。千裕の膝が震えている。

「すご、い…真也、それ、めちゃくちゃいい…」

もっと、とねだられて指先で弄(いじ)ると、ダイレクトに中が締まる。

「ふ、あ、あ……、あ」

「千裕、だめだ…」

こっちが保たない。

手を離すと、千裕がそのままゆっくり腰を動かし始めた。息が甘く湿り、速くなる。一気にこみあげる射精感を必死でやりすごし、快感に耐えた。

「真也、…気持ちいい？」

千裕に見下ろされ、そんなふうに訊かれると、変に高揚（こうよう）する。

「いいよ」

自分でコントロールできない快感が新鮮で、翻弄（ほんろう）される。

「俺も。すごくいい……」

「真也、あ、あっ、…いく、もう…っ」

千裕の唇から濡れた舌先が見える。どんどん高まってもう終わりが見えてきた。

「千裕――」

目が合った瞬間、中が痙攣（けいれん）した。

ばたばたっと腹に飛沫（ひまつ）が飛び、その最高の感覚に向居も思い切り放出した。強烈な快感に息が止まる。

「――」

一瞬の空白のあと、千裕が倒れ込んできた。はあはあ激しい呼吸をして、いろんなものでどろどろになった身体を抱きしめ合った。

「――千裕、千裕…」

頭が空っぽになってなにも考えられない。ただただ腕の中の恋人にキスをして、キスを返してもらって、飽きずに微笑（ほほえ）みあった。

「真也、めっちゃ好き」

呆れるほど単純で、何ひとつ飾りのない言葉。

それが最高に幸せだった。

7

帰りはちょこちょこ寄り道をして、千裕のマンションに着いたころにはすっかり夜になっていた。

別れがたくて「寄って行けば」と言われるのに負けそうになったが、きりがないから、となんとか我慢をした。でももう次に会えるときのことばかり考えている。

早く熱が冷めてくれないと身が持たないと思いながら、一方でこんな感情はもう二度と経験できないからいつまでも味わっていたいという気もする。

そして恋に浮かされながら、向居は不思議に落ち着いていた。

今まで自分が囚われていたあれこれを、千裕はなんの気負いもなく蹴散らしてしまった。

きっと千裕とならこの先もいい関係を築いていける。

満ち足りた気分でマンションに帰り着き、そこで向居は「ん?」と目を凝らした。地下駐車場に向かうスロープの手前、業者用の停車スペースに見覚えのある車が停まっている。特徴的な流線形のボンネットは伊崎の車だ。

「伊崎？」

徐行させて窓ごしに覗くと、伊崎は運転席に深く沈むようにぼんやりと座っていた。軽くクラクションを鳴らすとはっとして向居に気づいた。

「あ、ごめん」

「ごめんじゃねえよ」

お互い窓を開けてやりとりし、ひとまず地下駐車場に車を入れた。

「どうしたんだよ」

来客用のスペースに車を停めたものの、降りてこない伊崎に、向居は窓をノックして助手席を開けさせた。乗り込むと、伊崎はやっと夢から醒めたようにふーっと息を吐いた。

「ちょっと避難」

「避難？」

思いつめたような表情が緩み、ハンドルに腕を乗せてふふっと笑った。

「真也が彼氏と楽しく旅行してる間に、俺はまーた修羅場やってたの。ほんっと飽きないよねえ。で、彼が別れたくないって家でごねてるから出てきて、ちょっと避難させてもらってた」

いつもの洒脱な口ぶりだが、伊崎はどこか動揺していて、本当に別れる気で話をしたのか、と向居も驚いた。

「旅行、楽しかった？」

ハンドルの上で顔をこすり、伊崎が形だけの笑顔を浮かべて訊いた。

「和田(わだ)さんのオーベルジュ行ったんだっけ。いいなあ」

まだ伊崎の中でしっかり決着をつけられていないのがわかる。インパネの上に乗っていた伊崎のスマホが着信した。伊崎の肩がびくっと反応した。

「もう止めとけよ」

スマホを凝視(ぎょうし)している伊崎に、初めて真正面から意見した。伊崎が驚いたように眉を上げる。向居はしっかり視線を受け止めた。

「そんで仕事に逃げるのもやめろ。いいかげん身体壊すだろ」

異性愛者にばかり惹かれてしまうどうしようもなさは向居もよく知っている。でも相手が誠実かどうかはまた別の話だ。

千裕があのとき「辛(つら)いね」と言ったのは、相手が異性愛者だからではない。誠実ではないからだ。

そんなシンプルなことすら見えなくなっていた。

しばらく無言で向居を眺めていた伊崎が、ふと肩から力を抜いた。

「今日は泊めてやるよ」

向居はわざと偉そうに言った。

「は？」

「なんなら、ほとぼり醒めるまでいてもいいからな」

「そんなことして、南さんが誤解したらどうすんだ。いいよどっか泊まるから」

伊崎が上ずった声で強がった。

「千裕は俺がよそ見するとかあり得ないってわかってるから大丈夫だ。それよりおまえのほうが信用ならねえ。一人になったらまたふらふらヨリ戻しかねないだろ」

こんなお節介な言動をするのも初めてだ。そのとき、向居のポケットのスマホが着信した。千裕からだ。

送ってくれてありがと、もう着いた？　とけろっと明るい千裕の声がスマホから洩れて、伊崎が身じろぎをした。黙っているのも変なので伊崎が来ていたことを話すと、「そうなんだ」とちょっとびっくりしたがそれだけで、じゃあね、また来週、と通話が切れた。そのあと追いかけるようにきたテキストメッセージに「来週はそのへんのラブホ行こうよ、楽しいよ」とあって笑ってしまった。おやすみ、と挨拶しあっている間にも伊崎のスマホは振動し続けている。

「――くそったれ」

伊崎はインパネの上でしつこく震えているスマホに腕をのばし、迷いを断ち切るように電源を切った。ついでのように向居のスマホの画面をのぞいて顔をしかめる。

「あーあ、見せつけやがって」

「勝手に見てなに言ってんだ」

呆れつつスマホをポケットに入れると、伊崎も勢いよくスマホをジャケットの胸ポケットに突っ込んだ。

「むかつく。羨(うらや)ましい。いいなあ」

徐々にふっきれた声になって、最後は笑って「今日だけ泊めてもらお」と言った。

「明日には家の鍵登録替えるから」

「そうしろそうしろ」

車を降りると自動でロックがかかり、軽い電子音が響いた。

「南さん、いい彼氏だな」

伊崎が妙にしみじみと言って、向居は「だろ?」と胸を張った。

「千裕は最高にかっこいい彼氏だよ」

あとがき

AFTERWORD……安西リカ

こんにちは、安西リカです。

このたびディアプラス文庫さんから二十二冊目の文庫を出していただけることになりました。どこまで続けられるのかと思いながらここまでこれたのも、いつも応援してくださる読者さまのおかげです。本当にありがとうございます。

今回のお話は、いつものささやかな会社員同士の恋愛です。

性格の悪い人が、性格の悪さを隠しつつ、相手の出方を窺い、姑息なことをしたり自己嫌悪に陥ったり、それでも純な恋心に悩んで七転八倒、みたいなのを目指して書き始めたのですが、例によって実力不足でなかなかうまく書けず、自分自身が七転八倒でした……。

少しでも楽しんでいただけますように。

このところ現代日本を舞台にした、ごく普通のＢＬ小説がものすごく減っている気がするのですが、それはひとえに現実の変化があまりに早く、かつ気の重いニュースが増えているからだろうなあと愚考しています。

正直、自分の書いている「現代日本」が現実とはかけ離れすぎていて、「BLはファンタジー」という言葉通りになっていることに愕然としてしまうこともあります。

でも、だからこそ、読書の間は現実を忘れてもらえるようなものを、拙いながらも書いていきたいと思っています。


今回は北沢きょう先生にイラストをお願いすることができました。

北沢先生、お忙しい中お引き受けくださいましてありがとうございます。北沢先生の肉感的な絵柄にいつも圧倒されています。向居の身体つきがめちゃ色っぽくて眼福でした……！

担当さまはじめ、お力添えくださったみなさまにも感謝いたします。


そしてなによりここまで読んでくださった読者さま。本当にありがとうございました。

これからも楽しんでいただけるものを、自分自身も楽しみながら書いていきたいと思っていますので、お見かけの際にはどうぞよろしくお願いいたします。

安西リカ

この本を読んでのご意見、ご感想などをお寄せください。
安西リカ先生・北沢きょう先生へのはげましのおたよりもお待ちしております。

〒113-0024　東京都文京区西片2-19-18　新書館
[編集部へのご意見・ご感想] ディアプラス編集部「嫌いな男」係
[先生方へのおたより] ディアプラス編集部気付　〇〇先生

- 初出 -
嫌いな男：小説ディアプラス2021年フユ号（Vol.80）
勝てない相手：書き下ろし

[きらいなおとこ]
嫌いな男

著者：**安西リカ** あんざい・りか

初版発行：2022年5月25日

発行所：株式会社 新書館
[編集] 〒113-0024
東京都文京区西片2-19-18　電話（03）3811-2631
[営業] 〒174-0043
東京都板橋区坂下1-22-14　電話（03）5970-3840
[URL] https://www.shinshokan.co.jp/

印刷・製本：株式会社 光邦

ISBN978-4-403-52550-6